The Little Prince

The Little Prince

リトルプリンス
星の王子さまと私

原作「星の王子さま」アントワーヌ・ド・サン＝テグジュペリ［著］
ボブ・パーシケッティ［ストーリー統括］
イリーナ・ブリヌル＆ボブ・パーシケッティ［脚本］
酒井紀子［編著］

竹書房文庫

CONTENTS

目次

序章――――ある夏の日 6
第一章　人生最初のつまづき 12
第二章　人生の予定表 20
第三章　飛んできたプロペラ 28
第四章　不思議な老人 33
第五章　五億とんで百六十二万二千七百三十一の星 38
第六章　コインの山 45
第七章　むかし、むかし、ひとりの王子がいた…… 51
第八章　素敵なゴミ屋敷 58
第九章　小さな王子とバラ 69
第十章　お話のつづき 76
第十一章　この世でたったひとりのかけがいのない存在 85
第十二章　時間をかけて尽くした分、大切になる 95
第十三章　誰でもさよならを言う時がくる 101
第十四章　人生で大事なものは目に見えない 110
第十五章　物語のおわり 121
第十六章　ひとりで行かないで 130
第十七章　旅立ちの時 137
第十八章　色彩のない星 146
第十九章　ミスター・プリンスに出会う 154
第二十章　大人製造工場 164
第二十一章　消えた星たちのゆくえ 177
第二十二章　心で見た時だけ、本当のことが分かる 191
終章――――夏の終わり 204

編著者あとがき 211

CHARACTERS
主な登場人物

飛行士 ……… 女の子の隣の家に住むおじいさん。昼は裏庭の飛行機を整備し、夜になると屋上の望遠鏡で空を見上げている。

女の子 ……… 進学校に進むため、母親の勧めで学区内に引っ越してきた9歳の少女。友達を作る時間もなく毎日、勉強ばかりして過ごしている。

お母さん …… 仕事で家を空けることが多い。愛する娘の将来を思うあまり友達を作る時間よりも勉強ばかり押しつけてしまう。

キツネ ……… おじいさんの家にあった人形。

星の王子 …… 遠い小惑星からやってきたという小さな星の王子。

飛行士 ……… 砂漠に不時着した。不思議な少年と出会い、砂漠を旅する。

キツネ ……… 王子が地球に来て、初めてできた友達。

バラ …………… 故郷の星に咲くわがままで気難し屋の美しい花。

ビジネスマン … すべてはお金で支配できると考えている。

王様…………… すべては自分の家臣であると考えるいばりんぼう。

うぬぼれ男 ほめられたがり。拍手をすると喜び、お辞儀をする。

ヘビ …………… いつか王子が自分の毒牙を必要とすることを予言する。

リトルプリンス　星の王子さまと私

序章――ある夏の日

「ねえ、ママ。次に何を描くか当ててみて」

夢中で絵を描く娘の指は、赤や青の色に染まっていた。

「そうね……」

白い画用紙の上で木漏れ日が揺れ、風に煽《あお》られた草いきれが私たちを包みこむ。今日は暑い一日になりそうだ。私はサンダルを脱ぎ、足先で朝露が残る芝に触れた。

「なにかしらね」

庭のテーブルの上には、もう既に何枚もの動物の絵が散らばっている。小さな手は、箱の中から黄色いクレヨンを選び出した。

まつげにかかる黒髪を、ピンで留めてやりながら、私は首を傾《かし》げた。

「ライオンかな?」

「違う。ヒントをあげようか?」

「ええ、お願い」

少しずつ強くなる日差しが、地面に映る影を色濃く変えていく。息を深く吸いこむと、真夏の香りが全身を駆け巡った。

今年もまた、大好きな夏がやって来た。子供の頃のあの大切な時間を思い出し、私の胸は躍り、同時に懐かしさがこみ上げてくる。

「長い首の動物よ」

鼻の頭にうっすらと汗を浮かべ、娘はぎゅっと口を結んだ。動物を描く時、なぜか彼女はいつも耳から描き始める。先の尖《とが》った二つの三角形を描き終え、次は頭の輪郭に取りかかった。

「キリンね」

私の答えに、娘はこくりとうなずいた。

「当たり！　高い木の葉っぱを食べるのよ」

昔、ある友人が子供の頃に描いた絵の話をしてくれた。彼と出会った9歳の夏の日、ちょうど今日のように明るく晴れ渡った空の下で。

彼は老人で、かなりの高齢だった。でも、白い眉毛の下の青い瞳はいつも生き生きとしていて、少年のような輝きをたたえていた。

長い人生の中で自分があまり絵を描かなかったのは、6歳の時の絵が原因だと彼は言った。その絵とは、ヘビに呑《の》みこまれたゾウの絵で、鉛筆を使って丹念に描き上げた傑作だったそうだ。

ところが、ヘビの腹の中のゾウに気づいた大人は、ただの一人もいなかった。大人たちは、彼の絵を見て笑った。

「帽子の絵なんか描いてないで、算数を勉強しろ。地理や歴史や国語を」

落胆した彼はそれ以来、絵を描くことをきっぱりあきらめてしまった。ずっとあとになって、箱に入っているヒツジの絵を描くまでずっと。

彼は他にもいろいろな話をしてくれた。私はその一つ一つを、今でも鮮明に思い出すことができる。彼の話し方、息づかい、そして笑い声。決して色褪《いろあ》せることのない子供時代の記憶。たった一夏、私は一生忘れないような特別な時間を過ごした。願わくば、娘にもそんな思い出を残してやりたい。

そのために、娘にしてやれることはなんだろう。私はふと、栗の木の上のツリーハウスを見やった。うちの庭で一番大きな木の上に、鳥の巣箱のような形をした小さな小屋がのぞいている。娘が生まれてから、夫が毎週末にこつこつと作り上げ、昨年とうとう完成させた力作だ。

小さな四角い窓からは、やはり9歳の夏に母から贈られた望遠鏡が突き出ている。天体観測が趣味の私にとって、あの望遠鏡は宝物だ。大人になり、最新型の望遠鏡をいくつか手に入れたあとも、あれだけはずっと手元に置いて大事にしてきた。今は娘があの望遠鏡で星を見上げ、自分だけの物語を私に聞かせてくれている。

「次はなんだと思う？」

娘はキリンを描き終わり、また新しい画用紙をテーブルの上に広げた。

「待って、次はママが描いてみたいんだけど。いいかしら？」

私の言葉に、彼女は大きな目を丸めて見せた。

「本当に⁉」

自分の母親が絵が苦手だということを、彼女はちゃんと知っている。ぷくっと頬を膨らませ、じっと私の顔をのぞきこんだ。

「だって、ママは絵が嫌いでしょ？」

「嫌いじゃないわ、苦手なだけよ」

少し間をおいて、娘は肩をすくめた

「いいわ。じゃあ、一緒に描こう。私はラクダを描くのよ」

「そうしましょう」

「うん！」

さっと差し出された画用紙を受け取り、私はクレヨンの箱に手を伸ばした。黒いクレヨンを選んだ私を見て、娘は不思議そうに尋ねた。

「黒いクレヨン？　なにを描くの？」

「まだ内緒よ。描き終わったら、当ててみて」

そう言うと娘は頬をバラ色に染め、声をあげて笑った。

「おかしなママ！　描いたあとに当てるなんてへんよ」

何を描くか、私の心は決まっている。上手くいくかどうか、自信はない。でもその絵を描いて、娘に尋ねてみたいのだ。

〝さあ、この絵はなんの絵でしょう？〟

私はまっさらな画用紙の上に、クレヨンの先を載せた。そして慎重に、ゆっくりと……ヘビに呑みこまれたゾウの絵を描き始めた。

第一章　人生最初のつまづき

昔、ドイツの文豪ゲーテは言った。〝忘却は、より良き前進を生む〟忘却……つまり、きれいさっぱり忘れるってこと。言葉の意味なら8歳の私だって知ってる。それに、それがどんなに大事かってことも。

みんな毎日、いろいろなことを忘れながら生活している。人間は元々、ものごとを忘れる生き物らしい。例えば私……。私はずっと前に家を出ていったパパの顔を、はっきりと思い出すことができない。声や姿形は覚えているのに、顔となるとぼんやりぼやけてしまう。もちろんママと、いなくなったパパの話をすることもほとんどない。パパはもう完全に、ママと私の人生設計の外《そと》の人になってしまったから。でも、過去のことをあれこれ考えても仕方ない。ゲーテが言うように〝より良き前進〟をするために。

会計事務所で働いているママは、会社のプロジェクト・リーダーに選ばれた日、突然宣言した。

「あなたもがんばって！　進学率のいい名門〈ワース学園〉に転校しましょう。来年の学区外入学試験のために、さっそく準備を始めるわよ！」

眠っていた上昇志向に火がついたのか、それとものんびり屋の私にしびれを切らしたのか、昇進がママの心境に劇的な変化をもたらしたのは確かだ。そしてその日から、私の猛勉強の日々が始まった。

まずは学校の成績をオールAにすること。そしてボランティア活動をして、申し分のない作文を書き上げること——続編つきで——。もちろん面接試験の準備も怠らなかった。試験までの約1年間、私はママと一緒に、一つの目標に向かって邁進《まいしん》した。

いい学校に入学すれば、いい未来が待っている。〝あなたは、すばらしい大人になれるわ〟ママはいつでもそう言って、私を励ましてくれた。ママの立てた計画は完璧。私の将来は、約束されたも同然……のはずだった。そう、あの運命の日がやって来るまでは。

面接試験当日、私とママは〈ワース学園〉の廊下で順番を待ちながら、模範的な受け答えを確認し合った。シミュレーションは既に何千回もしてきたけれど、いざあこがれの学校へ足を踏み入れると、やはり不安が頭をもたげた。

「背筋を真っ直ぐ。面接官の話をしっかり聞いて、瞬《まばた》きは少なく——」

ママが小声で言った時、受験番号16番の男子が呼ばれ、廊下の突き当たりにある試験会場へ入っていった。とうとう次が私の番だ。

「――もしほめられたら、素直にお礼を言うこと。笑顔でね……あまり歯を見せすぎないで」

私とママは一卵性の双子のようによく似ている。黒髪に白い肌、大きなこげ茶色の目、頬骨の上に散らばるそばかす。でも一つだけ違うところがある。それは、前歯。私の上の前歯二本は、ほんのちょっぴり重なっているのだ。

「最後に……いい？」

真っ直ぐ前を向き、ママは付け加えた。病院の待合室よりも重苦しい空気がたちこめる廊下に、かすれたママの声が響く。

「出口調査によると、面接官の気持ちが合格に傾いていたら質問は一つ」

「運命の質問ね」

うなずいた私に、ママは更に声を落として言った。

「〝君は〈ワース学園〉にふさわしいか？〟」

「はい、もちろんです。その3つの理由をご説明いたしましょう」

私が胸の前で3本の指を立てると同時に面接会場のドアが開き、16番の受験生が出てきた。いったいなにがあったのか、まるで魂が抜けてしまったように呆然《ぼうぜん》としている16番の横で、父親が子供のように泣きじゃくっている。

「17番のかた！」

自分の番号が呼ばれ、私は思わず頭の白いカチューシャに手をやった。ついに、この時がやってきた。うなずき合ったママと私は、ぴかぴかに磨かれた廊下の奥へ、ゆっくりと進んでいった。


「なるほど……」

面接官たちは5人、横一列に均等な間隔で座っていた。ちょうど真ん中に座っている男性面接官が、机の上の書類に目を落とした。

「ふ――ん……」

部屋の中は薄暗く、入り口近くにいるママは視界に入らない。正面奥に設《しつら》えられた演台に上がった私はマイクの前に立ち、面接官たちと向かい合った。

〝緊張したら、面接官はみんな人の形をした岩だと思ってみて〟ママの言葉を思い出す。でも、そんな想像をするまでもなく、グレーのスーツを着た面接官たちはみんな人型の岩石に見えた。

真ん中の一番ごつごつしていて大きな岩石が、一つ咳払《せきばら》いをした。

「応募書類を拝見しました。抜群の成績ですね」

〝ここで笑う〟

「ありがとうございます」

私は前歯を気にしながら、少しだけ笑ってみた。いや笑うというより、顔をちょっとひきつらせた。

「作文も読ませてもらいました。『ゼロの持つ変革の力』と続編の『ゼロこそ我がヒーロー』、非常に興味深い内容でしたよ。すばらしい」

〝やった！　いい感じ……〟

面接官は、特大の鼻の穴からふっと息を吐いた。

「それでは一つだけ質問しましょう」

〝きた――っ！〟私は下腹に力を入れた。

「君はどんな大人に、なりたいですか？」

「はい、もちろんです！」

胸の前で勢いよく3本の指を立て、私はすらすらと答え始めた。

「その3つの理由をご説明しましょう。その1、ワースにふさわしい知性。その2……」

2つめの理由を言おうと息を吸った私の視界に、突然ママが入ってきた。しかも、首を振る彼女の顔が、尋常じゃないほどに青ざめている。

「ワースにふさわしい……」

どうやら顔色を変えているのはママだけじゃない。よく見ると、面接官たち全員がそろって眉をひそめている。

〝あ、もしかして……〟

「ワースにふさわしい——」

胸の前の指に力が入らなくなり、腕や脚がガタガタと震えた。

「——まじめさ。その3……ワースにふさわしい……意志の強さ……」

ママが両腕を交差させ、大きく手を振った。その次の瞬間、周囲の景色がぐるぐると回り、私の意識は完全にブラックアウトした。

バックミラーに映っているおでこの絆創膏《ばんそうこう》を見て、私は泣きそうになるのをぐっと堪《こら》えた。あんなに努力してきたのに、最後の最後で失敗してしまった。質問の内容を早とちりするという、痛恨のミス。これで、私の明るい未来もママの夢も水の泡だ。

「運命の質問。変わっちゃったね」

話しかけても、ママはハンドルに両手を置いたまま微動だにしない。私を車椅子に乗せて試験会場を後にする時、廊下の壁に貼られていた〈ワース学園〉のポスターを見たせいだ。面接試験で頭が一杯だった私たちは、不覚にもそのポスターに書かれている一文に気づかなかった。

〝どんな大人になりたい？　大切な人に〟

あろうことか、正解は私たちの目の前に貼られていたのだ。

〝大切な人に〟

「ごめんね、ママ……」

消え入るような声で謝った私に、ママは首を振って見せた。

「いいのよ。こうなったらプランBでいこう」

「プランB？　プランBは無理だって言ってたじゃない。だからプランAを採用したんでしょう」

ママは不安げな私の隣で唇を噛《か》み、ぎゅっとハンドルを握った。

「プランBが新しいプランAよ」

そうだ。ママが、こんなことで挫《くじ》けるはずがない。でも、本当にプランBが可能なんだろうか？

「大丈夫かな？」

私の疑問に答えることなく、ママは勢いよく車をバックさせた。

「さあ、行動開始よ」

第二章　人生の予定表

ママのプランB、それは〈ワース学園〉の学区内に引っ越すこと。そうすれば、自動的に入学が認められるというものだった。でも困ったことに、学校は高級住宅街の中心部にあって、うちにはかなりハードルの高い土地柄だ。

ところがママは、学校周辺の物件を一軒一軒しらみつぶしにあたり、あっというまに予算に合う家を見つけてしまった。しかも〈ワース学園〉まで車で数分という好立地、築浅、庭付き一戸建て、即入居可。夏休み初日までに、入学手続きばかりか引っ越しまで済ませることができる。ママが起こしたミラクルに感動を覚えつつも、私の胸にはまだ一抹の不安があった。果たしてこんなにうまい話が、あるものだろうか。

荷物を載せた引っ越しトラックが到着するきっかり5分前、私はその〝うまい話〟の真相を知った。マッチ箱のような白い家や、四角く刈り込まれた街路樹が整然と並ぶ新興住宅地。その外れに位置する新居は、他の家々と同じようにモダンでスタイリッシュな外観だった。でも、ふと隣の家を目にしたとたん、私は世の中のうまい話には、必ず裏があることを思い知った。

二階建てで円筒形のその隣家は、どう見てもぼろぼろのコーヒーポットという風情だった。溶けかけたチョコレートみたいな屋根の天辺には凧《たこ》がつなぎとめられていて、表面が剝がれた外壁にはツタが生い茂っている。また、おそらく何年もハサミを入れていない庭木は地球外生物のようで、この近代的な住宅地に一種異様な空間を作り出していた。

呆然《ぼうぜん》と隣家を見上げる私の隣で、水まきホースを手にしたママが水量つまみを最強に設定した。

「あのボロ家のおかげで、この家は格安物件なのよ」

隣の家から飛んできたハトの集団が、我が家の塀にとまり、私たち二人を見下ろした。

「え～っと……ねえ、ママ」

「なに？」

「今から、プランCに変えられない？」

「無理」

ママがホースの水を塀に向かって噴射し、ハトたちは聞いたこともないような甲高い鳴き声をあげながら飛び去っていった。

「ねえ、ママ」

「なに?」

「私って、本当に〈ワース学園〉にふさわしいのかな?」

問いかけられたママはホースの水を止め、私のほうへ向き直った。

「もちろんよ。夏休みの終わりにはふさわしくなってるわ。ちゃんとママが計画を立てておいたから」


荷物を新居へ運び終え、二階建ての真新しい家の中には、いくつもの段ボールの山ができあがった。トラックに積みこんだ時は、あふれんばかりだった荷物も、こうして部屋ごとに振り分けると大した数ではない。予定の時間どおりに搬入が完了したことで、ママも満足げだ。

リビング・ルームの窓からは、例の隣家と我が家を隔てる塀がのぞいている。あの家には、どんな人物が住んでいるんだろうか。想像するだけで背筋がゾクリとする。

ママは荷解きもそこそこに、巨大なボードをリビング・ルームの壁に取り付けた。ボードには両開きの扉がついていて、それを開くと細かい升目で仕切られた表が壁いっぱいに広がった。

「これは、あなたの人生設計よ」

中に収納されていたアルミ製の棒を取り出し、彼女は意気揚々とボードを見つめた。

「人生設計？」

「そう、人生設計」

手にした棒を使い、ママはボードにつけられているおびただしい数のマグネットを整えた。棒の先端はUの字になっていて、小さくて丸っこいマグネットを動かすのにぴったりだ。

「何一つ運任せにしない。やるべきことは全部、この表の中にあるの。左から右、上から下に」

そう言ってママは、横軸を一つ一つ指していった。

「ほら見て、時間ごと、曜日ごと、週ごと、月ごと、年ごと、一生分」

縦軸に並んでいる食事、勉強、運動、入浴、その他諸々……やるべきことが書かれたマグネットは、時間の経過を表す横軸を左から右へ移動するという仕組みらしい。

「これは、誕生日プレゼントの予定表。今度の9歳の誕生日は顕微鏡ね。〈ワース学園〉で理科の授業の役に立つでしょう。実は、もうラッピング済み」

棒の先で指されたボードの右端にはジャバラ式のファイルがあり、留め金を外すとメモ欄が勢いよく飛び出した。

「す……すごい……」

「そう、すごいでしょう！　でも今は、この日のことだけを考えて。〈ワース学園〉の新学期初日よ」

せわしなく動く棒の先端は、横軸をたどり〝〈ワース学園〉初日〟の印《しるし》でぴたりと止まった。

「準備期間は53日。夏休みは短いけど、時間に換算すると千二百七十二時間。分だと七万六千三百二十分。それだけあればどれほど成長できるか！　その1分1秒をこれどおりに過ごすのよ」

ママは棒を両手で握りしめて、私の顔をのぞきこんだ。

「いいわね。あなた一人で立ち向かうのよ。たった一人で」

ここまで一気に話し終え、ママは深々と息を吐いた。きっと面接会場で気を失った私の姿を、思い出しているのだ。

「とにかく……面接の時みたいな失敗は許されないの」

「うん、分かった」

私も、あの時の悪夢のような光景が脳裏によみがえり、暗い気持ちになった。

「あなたは、すばらしい大人になれるわ」

差し出された棒を受け取り、私は大きくうなずいた。

「ありがとう、ママ」

このボードに書かれていることが、私のやることのすべて……。いろいろなことがたくさん詰めこまれているのに、どことなく単調で印象の薄い毎日。志望校に入れたからといって、いきなり人生がバラ色になるわけじゃないらしい。

ところでママは、いったいどこで、そしていつのまに、こんなにすごいものを作り上げたのか。目標に向かって一直線の行動力には、いつも感心させられる。私は圧倒されながら、自分の人生の予定表をじっと見つめた。

シングルマザーって、本当に大変だと思う。仕事より子供を優先させても、逆に子供より仕事を優先させても非難される。おまけにたった一人で子供を育てていくのは、すごいプレッシャーだ。

ママには今5人の部下がいるけど、残念ながらみんながみんな優秀とはいえない。人間には必ずいいところと悪いところがあって、それを補ったり補われたりしながら、なんとか無事に生活している。会社だって家族だって、人が集まればぶつかり合うことは必ずある。

私はママみたいに、なんでもうまくこなしていく自信はない。でも、よけいな心配をかけることだけは、絶対にしたくない。うちのママは間違いなくスーパー・ウーマンだけど、時々すごく落ちこむこともあるって、私はちゃんと知っている。

「できれば、今日くらい家にいたかったけど、会社の監査なの」

紫色のハッチバックに乗りこんだママは、シートベルトをかけた。もう何年も乗っている愛車は、今日もぴかぴかに磨きあげられている。でも、ガレージにはまだ段ボールの山があるから、もうしばらくは車寄せに停めることになるだろう。隣から飛んでくるハトのフンで、ボンネットが汚されないといいんだけど……。

「ケリーの計算とミラーのチェックがあてにならないことにファインズが気づいて、またローガンはパニック――」

額にかかる一筋の前髪をなでつけ、ママはイグニッションにキーを差しこんだ。後ろできっちり結い上げた黒髪は、彼女のトレードマークだ。

「――いつものようにフィッシャーは我関せずって感じだし。ああ、気が重い……」

「ああ、ローガンね」

問題の多い部下の名前は、すぐに覚えられる。ママが会社の話をする時、必ず口にするから。

「そう、だから私が……」

「まとめなきゃね」

私は微笑んで、開いている運転席の窓をのぞきこんだ。

「でも、そんなこと私にできると思う？」

ここは、弱気になっているママを励まさなきゃ。

「ママ以外の誰ができる？」

私とそっくりのこげ茶色の目がきゅっと細くなった。肩をすくめて微笑むママの仕草が、私は大好きだ。

「さあ、もう行って。私には表があるから大丈夫よ」

リビング・ルームの壁を占領している人生設計ボードは、ママの代わりに留守番をする私を見守っている。

「さすが、我が家の副社長」

そう言ってすっと背筋を伸ばし、ママは車を発進させた。我が家の社長はママで、副社長は私。留守を預かる私が、家を守らなきゃならない。

第三章　飛んできたプロペラ

ラッシュアワーの大通りへ吸いこまれていく紫色の車を見送り、私は家へ戻った。今日から夏休み。今年は、いつになく忙しい夏になりそうだ。新しい家と新しい学校。やらなきゃならないことは、たくさんある。

〝がんばらなきゃ〟

そう自分に言い聞かせ、ドアを閉めようとしたその時――。私の敏感な鼻が、なにか異様な臭いを感じ取った。試しにもう一度ドアを開けてみる。

「うん、やっぱり、ヘンだ……」

『クンクン』と鼻を鳴らし、再び外に出てみた。

金属臭いというか、きな臭いというか、とにかくこれは絶対に危ない臭いだ。

副社長としては、この臭いの原因を確かめておくべきだろう。

『クンクンクンクン』鼻センサーがキャッチする臭いに導かれ、車寄せを通って裏口の扉を開けた。

「やっぱり、こっちからだ」

確信を持った私は、我が家の裏庭へ続く通路を歩き始めた。あのボロ屋は通路のすぐ左側にあり、敷地と敷地との境は木製の塀で仕切られている。しかしそれは塀というより、むしろバリケードと呼ぶべきかもしれない。隣家の植物は伸び放題で、ありとあらゆる種類の葉や枝が重なり合い、今にもうちのほうへなだれこみそうな勢いだ。

『クンクン』

塀の向こうに見える隣家の屋根を見上げ、私は立ち止まった。軒先にぶら下がっているウインドチャイムが『チリチリ』と鳴っている。裏庭に向かってせり出した小さなバルコニーには、古めかしい望遠鏡が見えている。

我が家のリビング・ルームは、ちょうどこのあたりだろうか。塀に沿って等間隔に置かれている鉢植えのトピアリーの前で、私はもう一度鼻センサーを働かせてみた。

「うん、間違いない」

これは間違いなくガソリンの臭いで、しかも隣家の裏庭から漂ってきている。

次の瞬間、『バリバリバリ』という音とともに、なにか大きな物体がトピアリーのすぐ横のあたりの塀を突き破った。更にその物体は、『ビュン』という音をたてて突進し、我が家の白い壁を破壊した。

リビング・ルームから聞こえてくるけたたましい音。なにが起こったのか分からない私は、思わずカチューシャに手を当てた。謎の物体が起こした風の感触が、まだ頬にはっきりと残っている。

私は急いでリビング・ルームのサッシ扉から室内をのぞいた。

「あーーっ！」

散乱する段ボール箱。粉々に砕けた壁の破片。そして、床に落ちている無数の人生設計ボードのマグネット。

「大変だ！　どうしよう、どうしよう」

手を胸の前で組み合わせ、小刻みに足を踏み鳴らした。

「ウソ、ウソ、ウソ……」

謎の物体の正体は、大人の背丈ほどのプロペラだった。赤茶けた色の巨大な金属が、リビング・ルームの中央に鎮座している。

『ザワザワザワ』

葉が擦《こす》れ合うような音が聞こえ、塀の穴からぬっと人影が現れた。ひょろりと長身の人影は難なく縦長の穴をすり抜け、ゆっくりとした足取りで通路を横切っていく。

　こうしてすぐ近くで見ている私が透明人間でもあるかのように、人影は真っ直ぐに進み「おーい、誰かいるかぁ？」と言いながら、壁の穴から家の中へと入っていった。

「ウソでしょ……」

　想定外の出来事に体を硬直させつつ、私は今目撃した一部始終を整理した。

　ガソリンの臭い↓謎の物体↓塀と壁の破壊↓人影↓家宅侵入

　そう、あの人影は確かに、汚れた黄色いジャンプスーツを着て頭にゴーグルを載せた老人だった。耳を覆う飛行帽と、胸まで伸びたもじゃもじゃの顎ひげのせいで、はっきりと顔を見ることはできなかったけれど。

「ボルトが緩んでたか。いやー、プロペラが無事で良かったぁ」

　サッシ扉が開き、プロペラを引きずった老人が再び現れた。

「とんだヘマをやらかしちまったなぁ」

　彼はさっきと同じように私のそばを通り過ぎ、また何事もなかったかのように塀の穴へと消えていった。最後に、穴から突き出した手でトピアリーを移動させ、破損部分を隠すことも忘れずに。

「……」

　度肝を抜かれ、ぽかんと口を開ける私の頭上を、ハトの群れがいっせいに飛んでいった。

あの老人は、プロペラで何をするつもりだったのだろうか。そもそもなぜ、あんなに大きな物体をここまで吹っ飛ばすことができたのか……。

言いようのない不安に襲われ、急に以前の家や近所の友達が恋しくなった。

「でも、こんな時こそしっかりしなきゃ」

私はママから渡されている緊急時対応マニュアルのことを思い出し、大きく深呼吸をした。

「落ち着いて。きっと大丈夫よ」

こうして、早くも転居一日目、私は奇妙な隣人との遭遇を果たしたのだった。

第四章　不思議な老人

緊急時対応マニュアルに従い、私はリビング・ルームに開いた穴を写真に収め、保険会社に連絡した。もちろん警察には、真っ先に電話をした。

〝隣の家から大きなプロペラが飛んできて家の壁を破壊した〟と伝えると、パトカーは1分もしないうちに到着し、一人の大柄な警官がやって来た。

「怪我《けが》はなかったかい？」

警官は私の無事を確かめ、すぐに隣家の玄関へと向かった。あの、あきらめといらだちが入り混じった表情から察すると、彼がここに来るのは初めてではないらしい。

腰に手を当てた警官は、もう片方の手に持っている警棒でドアを叩《たた》いた。『コンコン』という硬い音が木造家屋に響き、やがて周囲の木立に吸いこまれていった。

少し間をおき、もう一度『コンコン』と2回、今度は強めにノックした。しかし、ドアはぴたりと閉まったまま応答はない。

私は隣家前の歩道に立ち、その様子を注意深く観察していた。何事かと家の中から出てきた近所の人たちも、遠巻きに様子をうかがっている。

「裏庭に本物の飛行機を置いてるらしいぞ」

「前から変わった人だとは思ってたけど、これほどとは……」

「うちが隣じゃなくて、ほんとよかったわ」

こそこそと噂《うわさ》し合う彼らは、決して道路を渡ってこちら側へは来ようとしない。

老人の家は、区画《ブロック》の西端に位置していて、周囲を道路と広い庭に囲まれている。なので〝隣〟と呼べる家は、うちだけだ。我が家は誰もが認める〝ワケあり物件〟というわけだ。

「やあ、どうも」

ようやく玄関のドアが開き、中から老人が顔を出した。

「ごきげんよう、おまわりさん」

ツイードのジャケットを着て片メガネをかけ、にこやかに挨拶をする彼の背後から、音楽が聞こえてくる。まったく聞き覚えのない曲だが、夜中に放送されている古い白黒映画の音楽みたいだ。

「みなさんも、ごきげんよう」

隣人たちにも手を振るが、みんなそろって顔を伏せ、そそくさと家の中へ戻ってしまった。

「出てくるのが遅くなってすまないね。今ちょっとトランプの……えっと、ブリッジに夢中だったもんで」

警官はため息を吐き、疲れた表情を浮かべた。

「あんたもやるかい？」

老人がウインクをすると、片メガネのレンズがぽろりと落ちた。

「ああ……また落ちた……」

のろのろと拾ったレンズをフレームにはめ直す老人に、警官は憮然《ぶぜん》とした口調で尋ねた。

「また飛ばそうとしたんですか、飛行機を？」

あのプロペラは、さっき近所の人が言っていた裏庭に置いてあるという飛行機のものだったらしい。しかも警官は、今はっきりと〝また〟と言った。

ということはやはり、老人は前にも同じような騒ぎを起こしたことになる。

「あ――まあ、そうだな」

渋々うなずき、老人は自分の目と同じくらいの高さにある警官の目をのぞきこんだ。

「申し訳ない、本当に悪かったと思っているよ。お隣に甚大な損害を与えたんだろうな？」

さっとうちのほうを指さしたあと、潔く手首を合わせた。

「お縄かな？」

「いや、そこまではしたくないんですよ」

警官は首を振り、警棒を腰に掛けた。

〝お年寄りを逮捕したくないから、もうこれ以上騒ぎは起こさないでくれ〟という彼の心の声が、私には聞こえてくるような気がした。なぜなら、私もまったく同じ心境だったから。

「ああ、じゃあちょっと待って……」

踵《きびす》を返し、老人は家の中に戻っていった。奥からは、なにやら『ガラガラ』と物が壊れるような音が響いてくる。

警官はため息を吐き、後ろにいる私をちらりと見た。

私が思わず〝ご苦労様です〟とつぶやきそうになった時、再び老人が現れた。手には1セント硬貨がぎっしり詰まったピクルスのビンを抱えている。

「これを」

押しつけるように警官にビンを渡し、老人は素早くドアを閉めた。『バタン』とドアが閉まると同時に音楽は聞こえなくなり、あたりはしんと静まりかえった。

隣人たちは窓のブラインドをぴたりと閉め、近くを通る通行人もいない。

「これが償いという意味らしいな」

肩をすくめる警官の言葉を合図に、界隈《かいわい》にはまた規則正しく平和な日常が戻ったようだった。でも私は、あのぐちゃぐちゃになった家に戻り、一人でママが帰るのを待たなければならない。

「ああ、はい……」

不安な気持ちを押し殺して、ぎこちなく笑った。今はそうすることが、私にできる精一杯のことだった。

第五章　五億とんで百六十二万二千七百三十一の星

我が家の間取りは、いたってシンプルだ。一階部分は、玄関から真っ直ぐに伸びる廊下で東西に別れていて、西側にはリビング・ルーム、東側にはダイニング・キッチンとバス・ルームがある。ベッド・ルームは二階にあり、玄関のすぐ正面にある狭い階段を上っていく。

プロペラに穴を開けられた西の壁には配線が通っていたらしく、リビング・ルームと廊下の電気が点《っ》かなくなっていた。家中の電気をチェックしたところ、二階にあるベッド・ルーム二部屋とダイニング・キッチンはどうにか無事だった。

こうして今、自分のベッド・ルームの整理ができるのは、不幸中の幸いだったのかもしれない。本棚に教科書や参考書を並べながら、帰ってきた時のママの顔を思い出した。

玄関のドアを開けるやいなや、階段に座り懐中電灯の光に照らされている娘を見て、ママはテイクアウトの包みを落としそうになった。電気は点いておらず、娘の横にはなぜか見たこともない大きなピクルスのビンが置かれている。

「な……なにかあったのね？」

大きく見開いた目でさっとあたりを見渡した瞬間、ママの眉間に深いシワが出現した。トラブルの臭いを感じ取るママの嗅覚は、たぶん世界一だ。

「ビンの中の小銭、どうしたの？」

「隣のおじいさんにもらったの――」

〝隣〟という言葉で、眉間のシワは更に深くなった。

「――ていうか、正確には、おまわりさんがもらって私にくれたんだけど」

「〝おまわりさん〟って？」

さっと顔色を変えるママに、昼間の騒ぎの一部始終を話して聞かせると、彼女の声はまた一オクターブ高くなった。

「裏庭に飛行機を置いて、しかも飛ばそうとするなんて……どこのバカよ！　あなた本当に怪我《けが》はなかった？」

「大丈夫」

「保険会社に電話を……」

「した」

「警察にも届けを……」

「出した。コピーもある」

「証拠写真は？」

「撮った。家の中と外から。ちょっと暗めに撮れちゃったけど」

急いでリビング・ルームに駆けこみ壁の穴を目にしたママは、地の底から響いてくるような低いうなり声をあげた。

「朝イチで修理を呼んで……おじいさんのことは存在自体忘れましょう。いいわね？」


ちゃんと灯《あか》りが点くダイニングで、テイクアウトの鶏団子《ダンプリング》と野菜焼きそば《ベジタリアン・チャーメン》を食べ終えたママと私は、さっそく二階に上がりそれぞれの部屋の整理を始めた。明日から滞りなく予定をこなすには、まず荷解きと整頓だ。

私のベッド・ルームは西に面していて、入り口の正面に腰窓がある。勉強机は、その窓の下に置いてあり、ベッドと造り付けの本棚は左の壁側。

真新しい〈ワース学園〉の制服はきちんとブラシをかけ、ドアの横のよく見える高い位置に掛けた。あの制服に初めて腕を通す日のことを考えると、胸が高鳴る。いろいろあったけど、こうしてなんとか引っ越しも終わったことだし、ママの言うとおり隣のおじいさんに関する記憶は消去して、自分のやるべきことに専念しなければ。

本を棚にしまい終えた私は、マシュマロみたいな緩衝材がぎっしり詰まっている段ボール箱に手をかけた。全部で8個のスノードームが入っているこの箱は、引っ越しトラックには積まず、自分で抱えて運んできた。誕生日のたびにパパから贈られたプレゼントなのだが、ドームの中身はなぜかどれもミニチュアの高層ビルだった。昔からずっと疑問に思っているんだけど、パパはなぜ毎年なんの変哲もない灰色のビルが入ったスノードームを娘のプレゼントに選ぶのだろう。お菓子の家や、動物たちがいる農場とか、遊園地とかのほうが、ずっと子供向けだと思うけど。

棚の中央に開けておいたスペースに、箱から出したスノードームを一つ一つ並べていくと、吹雪に見舞われた冬の高層ビル群が現れた。いかにも寒そうな小さな街を見つめ、私はぶるっと体を震わせた。点々と並ぶ窓には、無数の会社員たちがデスクの前で背中を丸めている姿が見えるようだ。パパも、こんなふうに毎日仕事をしているんだろうか。きっと、そうなんだろうな……。

私もママも、普段あまりテレビを見ない生活をしている。別にこれといった理由があるわけではないが、昔からの習慣だ。ベッドの脇のナイトテーブルに手を伸ばし、ラジオのスイッチをオンにした。今はちょうど〝本日の株式市場〟が終わり、〝本当の話〟の放送が始まる時間だ。

『地球や木星や火星のように重要な惑星の他に……』

いつもの男性ラジオ・パーソナリティの声が聞こえてきた。

『何百という小さな星があるのです。あまりに小さいものは、天文学者が発見しても名前がつけられることはなく、番号で呼ばれます』

厳かなトーンの低い声に耳を傾けていると、なんだか眠くなってきた。大きく首を振り、私は机の前の椅子に座った。開いている窓の外には、隣家のこんもりとした木立が見えている。外はもう真っ暗なので、木々のシルエットは延々と横たわる山脈のようだ。

『合わせて五億とんで百六十二万二千七百三十一。この数字は永遠に増え続けます。決して終わることはないのです』

卓上ライトを点け、一番手元にあった古い計算ドリルを開いてみた。

ずいぶん前に終えたドリルには、鉛筆で書いた解答の横にママの赤いチェック印がついている。

『この星の王様は全部で百十一人、地理学者は七千人、ビジネスマンは九十万人、酔っぱらいは七百五十万人、うぬぼれ男は三億一千百万人、すなわち大人は全部で二十億人いることになります。また、電気が発明されるまでは、六大陸全体で四十六万二千五百十一人のガス灯係が必要でした。となると……』

とうとう本格的な眠気に襲われ始めた時、突然窓から入ってきた紙飛行機が、机の真ん中にふわりと着陸した。

驚いて窓の外に目を凝らすものの、卓上ライトがまぶしくてよく見えない。いったい、どこから飛んできたのか。紙飛行機は画用紙を使って折られており、開いてみると両面に色鉛筆で描かれたイラストと文章があった。

緑色の服を着た男の子が、でこぼこの球体の上に立っている絵の横には、こう書かれていた。

むかしむかし、一人の王子がいた。

自分の体ほどの大きさしかない星に住み、友達をほしがっていた。

「〝自分の体ほどの星〟……〝友達〟？」私が首を傾《かし》げた瞬間、窓の外から声が聞こえてきた。

「君も友達がほしいだろう？」

ぎくりとした私は卓上ライトを消し、もう一度外に目を凝らした。

「そう、こっち、こっち」

声のするほうへ視線を向けると、木立の上のほうに黒っぽい人の姿が浮かび上がっているのが見て取れる。目が暗がりになれるにつれ、それは隣家の〝おじいさん〟であることが分かった。屋根から突き出たバルコニーにいる彼の前には、望遠鏡が据えられている。

「ああ、すまんね。それはお話のほんの始めの部分でな……」

これがまたあの老人の仕業だったことを悟った私は、反射的に窓を閉め、ぴしゃりとブラインドを下ろした。そして〝絶対に関わるもんか！〟と心に誓い、体を硬くした。

息を潜める私の耳に、再びおじいさんの声が聞こえてきた。窓とブラインドにさえぎられてくぐもった声は、さっきよりずっと聞き取りにくい。

「まあいい、どうせ誰にも分かってもらえないんだ。それじゃ、おやすみ」

〝分かりたくないし、友達もいらない……〟

紙飛行機の紙をゴミ箱に投げ入れ、私は耳をふさいだ。しかし、駄目押しをするかのように、彼は最後につけ加えた。

「また会おう、会えたらな」

第六章　コインの山

早朝、ゴミ捨てに行ったママは、車のワイパーにはさまっている紙きれと花一輪を発見した。紙には一言〝おっと！〟と書かれていて、花はオレンジ色のヒナゲシだったという。でもママはそれを、ちゃんと紙ゴミと生ゴミに分別して捨てた。すぐに隣人からの詫《わ》び状だと察したからだ。

おじいさんには、どうやら悪いことをしたという自覚があるらしい。でも私たちにとってはもう過ぎたことだ。謝罪の気持ちは謹んで受け取ったから、これ以上構わないでほしい、というのが本音である。

私もママも、いつもと変わらず腕時計のアラーム音に従い、朝の作業を黙々とこなした。もちろん、最優先事項でもある壁の修理も朝イチで手配した。

二人一緒に歯を磨き、髪を整え、身支度をする。これはもう何年も続けてきた私たちの儀式だ。ママと並んで同じことをしていると、自分が一人前の大人になったようで、ちょっと嬉《うれ》しくなる。留守番には慣れているけど、今の私には人生設計ボードがある。ママが出勤したあとは、時間ごと分ごとにやることが決められている。

「ランチの時に忘れないで……」

出かける直前、玄関のドアを開けたママが私のほうを振り返った。

「分かってるよ、ママ。ビンの中の小銭を数えとく」

あの大きなビンに詰まっている1セント玉を数えるのは、かなり骨が折れるだろう。だけど50個ずつ筒にしてまとめられるよう、コインを巻く紙も用意してある。そうすれば、買い物する時に便利だし、ぱんぱんに膨らんだお財布を持たなくてもいい。何事も準備が大切なのだ。

「いってらっしゃい」

「いってきます」

ママを見送ったあと、私はさっそく朝のエクササイズを開始した。背中や首、腿《もも》やふくらはぎのストレッチから、その場駆け足、ジャンプ、ダンベル。全行程きっかり30分運動したあとは、棒で〝エクササイズ〟のマグネットをスライドさせる。急いで朝食のリンゴをかじり、牛乳を飲みながら、また〝朝食〟のマグネットをスライド。

いよいよ次は、勉強の時間。腕時計の『ピッピピッピッ』という音を聞きながら2階へ駆け上がり、算数と地理の問題集に取りかかった。

しんと静かな家の中で、たっぷり3時間勉強に集中した。新しい部屋での勉強は、思いのほかはかどって気分がよかった。この調子でいけば、今日の目標は軽くクリアだ。

ランチの時間を知らせる『チッチッチッ』という音を合図に、私は両腕をぐっと突き出し伸びをした。予定どおりに〝勉強〟のマグネットをスライドできて、満足げなママの顔が目に浮かぶようだ。

冷蔵庫に準備されていたサラダとシリアルを20分で食べ終え、ダイニングテーブルをきれいにかたづけた。

「さてと」

汚れたシリアルボウルを食器洗い機の中へ入れ、私は手の指をぽきぽきと鳴らした。とうとう今日一番の大仕事を始める時間だ。

コインの入ったビンと正方形の小さな紙の束、そしてセロテープをテーブルの上に置き、大きく深呼吸をした。

「いくぞ……」

えいとばかりにビンを倒し、中身を全部テーブルに開けた。

『ジャラジャラ』という音を立て、広口のビンから流れ出た大量の1セント玉が、いくつかのなだらかな山を作った。少し背中を丸め、目線を山の位置に移動させて見ると、風で吹き寄せられた砂漠の砂山のようだ。

〝50〟と書きこんでおいた正方形の紙を筒にして、手に取ったコインを少しずつ中へ入れていった。指先に伝わるひんやりとした感触と、金属が触れ合う微《かす》かな音。リズミカルに手を動かせば、思いのほか作業はスムーズに進む。

50枚の束を1本作るには、平均して何秒くらいかかるのだろう。二枚ずつつまんで10枚入れるのに8秒から9秒かかるとすれば、単純計算で40秒から45秒で……。

そんなことを考えながらコインの山に指を入れた瞬間、何かがチクリと指先に刺さった。

「イタッ！」

急いで引き寄せた人差し指の先で、赤い血がビーズそっくりの形に膨らんだ。

「なにかな？」

指先をなめながら、チクリとしたあたりのコインを片手でかき分けてみる。くすんだ赤銅色の山の間で、なにかがにぶい光を放っているようだ。

注意深くコインをどけ、私はゆっくりと小さな木片をつまみ出した。それはよく見ると、お菓子のおまけくらいの大きさの剣《つるぎ》だった。小さいけれど、ちゃんと柄《つか》もついている。

「剣？」

〝なんで、こんなものが？〟

不思議に思った私は、慎重にコインの山を崩していった。ほかにもなにかが、紛れこんでいるかもしれない。

するとすぐに、今度は緑色のビー玉を発見した。

「……なんなの？」

両手を使い、更にコインをかき分ける。山の中からは次々に、巻き貝の貝殻、造花のバラ、飛行機の模型が見つかった。

私は巻き貝の貝殻を耳に当て、目を閉じた。ずっと前に家族３人で行った海辺を思い出し、しょっぱい海水の味が口いっぱいに広がる。同時に、強い日差しの下で、とろけそうな笑みを浮かべる両親の姿も思い出した。

目を開けた私の顔には、知らず知らず笑みが浮かんだ。長い間忘れてしまっていた思い出が、貝殻一つでこんなに鮮明によみがえるのは、とても不思議なことのように思えた。

視線をコインの山に戻した私は、まだ丸い小さな物体が顔をのぞかせていることに気づいた。

〝なんだろう……〟

少しドキドキしながら引き出したのは、緑色の風変わりな服を着た男の子の人形だった。

木彫りの小さな人形をじっと観察してみると、グーに握った左手には小さな穴が開いているのが分かった。

はっとした私は、一番最初に見つけた剣の柄を小さな穴に差しこんだ。男の子の手に、剣の柄はぴたりとはまった。

「これは、昨日の絵だ」

昨日の夜、部屋に投げこまれたおじいさんの紙飛行機。あの紙飛行機に描かれていたのは、まさしくこの男の子だった。額にかかる金色の巻き毛に、丸い瞳、服と同じ緑色のマント。

テーブルにこれらの小さなオモチャを並べながら、私はゴミ箱に捨てた紙飛行機が気になり始めた。文面から察すると、あれはおじいさんの日記のようなものかもしれない。それならなぜ、彼はわざわざあの紙を紙飛行機にして飛ばしたりしたのだろう。

考え考えコインを2枚つまみ上げ、私は作業を再開した。ふと時計を見ると、ランチの時間はとっくに終わっている。私は残りを夕方の休憩時間に数えることにして、小さな発見物をぜんぶポケットの中に押しこんだ。

第七章　むかし、むかし、ひとりの王子がいた……

午後は読書の時間に充《あ》てられている。ママが選んで机の上に置いていった本は『不思議な深海生物の生態』と『おもしろい数字の話』の2冊。どちらも大きなハードカバーの本で、表紙絵はそれぞれユーモラスな姿をした深海生物と、箱の中から飛び出す色とりどりの数字だ。

椅子に座った私は、並べた2冊の表紙を交互に見つめ、ぶらぶらと足を揺らした。午後の暖かい日差しが西向きの窓から差しこみ、遠くから耳鳴りのような旅客機の飛行音が聞こえてくる。

「えっと……」

どうしても、手が本に伸びない。

午前中の軽快なペースはどこへやら、私はぼんやりと空を見上げ、ゆっくりと流れる雲を見つめた。青い空にぽかりと浮かぶ雲が、白いプードルからシロクマに姿を変えつつ、窓枠の左端から右端へと動いていく。

私はふと、スノードームの棚に目をやった。さっきコインの中から出てきた小さなオモチャたちは、全部ドームの後ろに並べて置いた。雪が積もった高層ビル群を前にして、あの男の子は丸い目を見開き、さぞ驚いていることだろう。

机のすぐ右横にあるゴミ箱には、広げたままの紙飛行機が入っている。私は昨夜捨てたその紙をつまみ上げ、机の上で丁寧に折り線を伸ばした。手のひらを押しつけて紙を平らにすると、細かい文字とあの男の子が現れた。

むかしむかし、一人の王子がいた。
自分の体ほどの大きさしかない星に住み、友達をほしがっていた。
私は一人で生きていて、
話し相手もいなかったから、飛行機の操縦を習った。

描線の太さや濃さがまちまちで、とても写実的とは言えないけれど、とても惹《ひ》きつけられる絵だ。〝王子〟って……この子のことなのだろうか。緑色の服を着た金髪の男の子は、純真そのものの表情をして、こちらのほうを向いている。

鉛筆で書かれている文章を声に出して読むと、彼が乗っているいびつな球体が動き出し、飛行機のエンジン音が聞こえてくるようだった。
私は息をのみ、文字を目で追った。

世界中を飛び回っていたある日、サハラ砂漠に不時着した。
エンジンのモーターが故障を起こしたのだが、自分のほかには誰もいない。
私は難しい修理をたった一人でやらなければならなかった。
飛行機に積んである飲み水は1週間分あるかないかで、
生きるか死ぬかの問題だった。
人が住んでいる場所から、およそ千マイルも離れた砂漠で眠るのは、
ひどくつらく寂しいものだ。
難破したあげく、いかだに乗って、太平洋の真ん中を漂うよりも
ずっとずっと孤独に違いない。
ところが明け方近く、子供の笑い声がして目を覚ました。
「ヒツジの絵を描いてくれない？」
顔を上げた私は、夢を見ているのかと思い、目を擦《こす》った。
「ねえ、ヒツジの絵を描いてくれない？」

側には、緑色の服を着て首に黄色いスカーフを巻いた男の子が立っていた。

真剣なまなざしで、私の顔をじっと見つめている。

「絵の描き方なんて知らないんだ」

私はようやく口を開き、首を振った。

男の子は道に迷っている様子も疲れている様子もなく、

お腹が減ったり喉が渇いたりしている様子もない。

そればかりか、こんな砂漠の真ん中にぽつりと現れたのに、

まったく怯《おび》えてもいないし、途方に暮れたりもしていなかった。

「それでも描いてよ」

あまりにも不思議なことが起きると、人はなぜかその状況を受け入れる。

私は胸ポケットから一枚の紙と万年筆を取り出し、なんとかヒツジを描いて見せた。

「駄目だよ、これじゃ。病気で今にも死にそうじゃないか。描き直してよ」

このヒツジは弱々しすぎて、気に入ってもらえなかった。

そこで私は、また別のヒツジを描いた。

「分かってないな……」

男の子は、クスクスと笑った。

「これはヒツジじゃなくてヤギだ。ツノが違うもの」

そして、3枚目のヒツジの絵にも首を振った。

「これも駄目だ。だってヨボヨボしてるもん。僕は、うんと長生きするヒツジがほしいんだ」

そろそろモーターの修理を始めなければならない。

太陽が高く上るほど、作業は難しくなるだろう。

面倒くさくなった私は、四角い箱の側面に小さな空気穴を3つ描き男の子に渡した。

「この箱の中に入ってるよ」

ところが、この絵を見た瞬間、男の子はキラキラと目を輝かせた。

「そうそう、こういうヒツジがほしかったんだ！」

なんの変哲もない箱を見て、満足げに微笑んでいる。

「このヒツジは草をいっぱい食べる？　僕の住んでいるところは、なにもかも小さいんだけど」

私は紙をのぞきこんで答えた。

「そんな心配はいらないさ。草は十分足りると思うよ。とても小さいヒツジだから」

「本当に？」

嬉《うれ》しそうに頬を染め、男の子は箱を指さした。

「見て！　寝ちゃったよ」

こうして私は、小さな星からやって来た王子さまと知り合いになった。

紙の両面に書かれた文章を読み終わった私は、途中途中に描かれている絵をもう一度見た。

星の王子さま、病気のヒツジ、ツノのあるヒツジ、年寄りのヒツジ、それから空気穴の開いた長方形の箱。

このあと壊れた飛行機は直ったのか、飛行士と王子はどうなったのか、私はどうしても続きが知りたくなった。それに、お話にはいくつも疑問がある。これが隣のおじいさんの話なら、絶対に結末を知っているはずだし疑問にも答えてくれるはずだ。

窓辺に立って隣家をのぞいてみる。でも、バルコニーにおじいさんの姿はなく、生い茂った庭木のせいで敷地内の様子は分からなかった。

唇を噛《か》み、私はしばらく窓辺にたたずんだ。〝おじいさんのことは存在自体忘れましょう〟ママの言葉が頭の中でこだまする。

〝どうしよう、どうしよう……〟迷いながら机に戻り、お話の紙で飛行機を折り直した。

折り線に従ってゆっくりと手を動かしていくと、鋭角な翼を広げた飛行機が完成した。

私は、できあがった紙飛行機とスノードームの棚を交互に見た。あのドームの裏に押しやった木彫りの人形も、おそらくおじいさんが作ったのだ。

「よし、決めた！」

立ち上がった私は、自分に言い聞かせた。

〝この紙飛行機を、おじいさんに返しに行く。落とし物を返しに行くだけ。ただそれだけ〟

第八章　素敵なゴミ屋敷

まずは穴を隠しているトピアリーをどけ、紙飛行機を口にくわえた。この塀の穴と茂みを擦り傷を作らずに通り抜けるには、四つん這《ば》いになったほうがいい。とにかくここをまっすぐに行けば、無事に隣家の裏庭へ出るはずだ。

大きく深呼吸をして、私はついに穴の向こうへと足を踏み入れた。庭木の茂みは思ったより深く、周りは薄暗かった。ひんやりとした土の感触を膝と手のひらに感じながら、前方の光の隙間に目をやった。あそこまであと数メートル。私は茂みのトンネルを、黙々と進んだ。

やがて暖かい風が頬に当たり、開《ひら》けた場所へ出た。風に乗って流れてくるアップテンポのジャズ。陽気な音色を聞きつつ立ち上がり、目が明るさになれるのを待った。

私の目の前にはすぐに、緑がまぶしい裏庭の風景が広がった。そこは、同じ形の家が整然と連なるこの界隈とは、まるで別世界だった。

木の枝にはたくさんのウインドチャイムや鳥の巣箱が下げられ、小道の脇を縁取る車輪や傘の骨組みには色とりどりのかざぐるまが取り付けられていた。緑の地面に生えているのは刈り揃えられた芝ではなく柔らかい雑草で、自生した様々な花が木陰を吹き抜ける風に揺れている。

　くわえていた紙飛行機を手に取り、私はつぶやいた。

「わぁ、すごい……」

　雑然としているのに、すべてが心地よく調和している。どこか懐かしさを感じ、いつまでもいたくなるような、そんな庭だ。

　奥の小高くなっている箇所に、例のプロペラをつけた赤い飛行機があった。近づいて行ってみると、油まみれの黄色いジャンプスーツを着たおじいさんが、お尻を操縦席の外に突き出してなにやら作業をしているのが分かる。赤いプロペラ機の翼はぼろぼろで、ところどころに開いている穴には草が生え、そこから小鳥が出入りしている姿も見て取れた。

　おじいさんの作業台の後ろには、オモチャの荷車《ラジオフライヤー》に載せた蓄音機があり、音楽は胴体から飛び出している大きなホーンから響いてくる。以前一度、学校の音楽室に展示されているのを見たことはあるが、実際に音を出している蓄音機を見るのはこれが初めてだ。ターンテーブルの上でくるくる回っている黒いレコード盤を見るのも、生まれて初めてのことだった。

「ブーンブーン～ラッパッパァ～　ブーンブーンラッパッパァ～」

おじいさんはお尻を揺らしながら、大きな声で鼻歌を歌っている。

「あ、あのぉ……」

少しずつ近づきながら、声をかけてみる。

「すみませーん」

「パラッパッパッパ　ボンボン！　ラッパッパァ～」

「お隣の者ですけど」

蓄音機の音が大きすぎて、なかなか気づいてくれない。私はすーっと息を吸いこんで、できるだけ大きな声で呼びかけた。

「こんにちは！」

「うわぁ～！」

突然聞こえてきた大声に驚いたおじいさんは、頭をコックピットのどこかに思い切りぶつけてしまった。と同時に機体から空に向かって、なにかがゆっくりと打ち上げられた。

つぎはぎのカラフルなパラシュートが、巨大な傘になり頭上に広がった。思わず尻もちをついて上を見上げる私を見て、おじいさんは片手を挙げて見せた。

「ちょっ……ちょっと、そのまま。動かないで」

飛行帽を被《かぶ》っている頭をさすりながら、ゆっくりと作業台から下りてくる。長身の体を揺らして歩く姿は『オズの魔法使い』に出てくるカカシのようだ。

近くへやって来たおじいさんは、穏やかな青い目を私へ向けて微笑んだ。

「ほーら、来たぞ」

彼が指さすパラシュートは、ふわふわと風をはらみながら降下し、もうすぐ頭につきそうだ。

「大丈夫だから」

私とおじいさんの顔がパラシュートの色に染まり、やがて柔らかい布が体をすっぽりと覆った。

『ザワザワザワ』と風に揺れる草原のような音が響き渡り、私たちは声を出して笑った。

おじいさんがそろそろと布をたぐり寄せ、私の視界はまた明るい庭の風景に変わった。

「あの……私、絵を返しに来ただけで」

もちろんこれが、ここへ来る口実なのは自分でも分かっていた。好奇心に負け、ママの言いつけを破ったことにも微《かす》かな罪悪感はあった。

「ああ、やはり気にいらんか」

私が差し出した紙飛行機を受け取り、おじいさんはしょんぼりとうつむいた。

「いやぁ、ヘタクソだからなぁ」

「そんな、とんでもない！」

首を振り、私はおじいさんのほうへ一歩歩み寄った。

「ステキでした。お話も読んだんです、しっかりと」

顔を上げたおじいさんが、無言で私の表情をうかがっている。

「それで、すごく奇妙だと思って……」

「奇妙？」

慌てて首を振り、私は続けた。

「いえ、あの……おもしろくて、すごく興味深かったんですけど……実は、いくつかひっかかることがあるんです」

おじいさんは眉根を寄せ、急に真面目な表情を見せた。

「ほぉ……ということは、質問があるんだね？」

「ええ、そうなんです。失礼とは思いますが、いいですか？」

「失礼大いに結構。なんだい？　遠慮せずに言ってごらん」

許可をもらった私は、頭の中にあった疑問を一気に噴出させた。

「それじゃ、まず最初に、小さな子供が砂漠にいたのがすごく不自然。食べ物も水もなしで生きられるわけがないし――」

〝ふむふむ〟とうなずくおじいさんを前に、私は続けた。

「――親はどこ？　学校には行ってるの？　星に住んでるって本当なの？」

「あー」

「だって理科の授業で習ったの。他の惑星には子供も生き物もいないって。百歩ゆずって惑星から来たのが本当だとしても……ううん、やっぱりありえないと思う」

「いや違うよ」

おじいさんは人差し指を立てて『チッチッ』と舌を鳴らした。

「惑星じゃなくて、小惑星だ。〈小惑星Ｂの６１２〉」

私の知識の引き出しに〝小惑星〟という言葉はなかった。小惑星のことは、まだ習っていなかったからだ。名前もなく、番号で呼ばれている小さな星か……。

考えこんでいる私におじいさんは尋ねた。

「ヒツジをほしがったことは、王子が本当にいた証拠にならないのかね？」

確かに、王子の故郷が〈小惑星Ｂの６１２〉だと聞かされるより、ヒツジをほしがったことのほうがずっと現実的なように私には思えた。なぜほしいものがヒツジなのかは、まったくの謎だけれど。

答えを探して想像を巡らす私に笑いかけ、おじいさんは蓄音機が載っているラジオフライヤーを引っ張り始めた。砂利の小道を行くラジオフライヤーが『カタカタ』という音をたて、ホーンから流れる音楽もまだ途切れ途切れに響いている。

家の戸口へ向かうおじいさんを見て、私は急いで後ろを追いかけていった。実は、まだ質問したいことがたくさんあったし、話の続きも気になっていた。

ドアを開け、円柱形の屋内へ足を踏み入れた瞬間、私は目を見張った。台所も書斎も居間も、すべてが一続きになった広い円形の部屋には、ありとあらゆる道具や家具が詰めこまれていた。屋内の生活スペースであるにもかかわらず、庭の一部のようにも見えてしまう。

裏庭に面した張り出し窓のカーテンが開けられ、部屋中にさっと光が差しこんだ。高い天井の梁《はり》からぶら下げられた色とりどりのガラスビンが、日光を反射し合い夜空に瞬く星のようだ。

洗濯機ほどの大きさがあるカード式のオルゴール、ホコリだらけのスチールキャビネット、本が山積みになっている古い机、天井近くまである背の高い本棚。奥にはキッチンもあり、扉がきっちり閉まっていない年代物のオーブンと、引き出し式の冷蔵庫も見える。

ここは、そう……言うなれば倉庫一体型の住居だった。

「うわぁ、この家、火事が起きる危険がいっぱい」

私の素直な感想に、おじいさんは笑い声をあげた。

「そんなふうに思ったことはなかったな」

「こんなにたくさん、どこで集めたの？」

引っ越しした時の我が家の荷物を思い出し、私は首を傾《かし》げた。うちはせいぜいトラック1台に余裕で収まる程度だったが、ここは何台分になるんだろうか。

「人間、長く生きているといろいろな物が溜《た》まっていくもんだ」

なにを捜しているのか、おじいさんは頻《しき》りに棚と棚の間を動き回っている。姿は見え隠れするが、近くにいることは足音で分かった。

「こういうの、なんて言うんだっけ。コレクション？」

尋ねる私に、思ったより遠くのほうから答えが返ってきた。

「ゴミ屋敷……そう、ゴミ屋敷だ」

棚の上に、サラダボウルにてんこ盛りになっているキャンディを見つけた。ところが天辺の一粒をつまむと、くっつき合ったキャンディは一山になって持ち上がった。いったい、いつからここに置かれていたんだろう。

「わしは、なかなか物を捨てられない性分でね」

〝なるほどね〟うなずきながら、私は本と本の間に挟まれているオレンジ色のキツネに目をとめた。

コーデュロイ生地でできたくたっとしたぬいぐるみで、目は黒い貝ボタン。触れようとすると少し動いて、黒い鼻先から『チリチリ』と鈴の音が聞こえてきた。

私は、胴体と同じくらいの立派な尻尾を持っているこのキツネに、一目で心を奪われた。

パンダとかクマとかウサギじゃなく、キツネというのもユニークである。

ホコリを寄せつけて不衛生だからとママが嫌うので、私はぬいぐるみを一つも持っていない。もちろん、今までプレゼントされたこともないし、ほしいと言ってねだったこともなかった。

きょとんと空《くう》を見つめるキツネにおずおずと手を伸ばし、話しかけてみた。

「こんにちは、キツネ君。お名前は？」

「そいつは返事をしないよ」

返事はキッチンのほうから聞こえてきた。

「口をつけてやろうと思ってるんだが、つい忘れちまってね。もし気に入ったのなら、君にあげよう」

そういえば、キツネには口がついていない。王子の人形もこのキツネも、おじいさんが自分で作ったのだろう。〝見かけによらず器用な人なんだな〟そう思った次の瞬間、『ガラガラガッシャーン』というけたたましい音とともに、おじいさんのうめき声が聞こえてきた。

「大丈夫⁉」

驚いた私は、キッチンテーブルの下のほうから突き出ているおじいさんの足に向かって駆け寄った。

「あの、えっと……生きてますかぁ？」

そろそろとテーブルの向こう側に回ると、おじいさんは仰向きに横たわり、天井を見つめていた。

「平気、平気。よくあることだ。とはいっても、このあいだは3日ほど転がってたが」

「3日⁉」

ぽかんと口を開けた私は、手に持っているキツネを抱きしめた。こんなところに3日転がっている間、誰にも気づかれないなんて最悪だ。あたりを見回してみるが、電話らしいものはどこにも見あたらないし、この老人が携帯電話を持っているとはとうてい思えない。なにしろ、蓄音機をラジオフライヤーに載せて持ち運んでいるくらいの人なんだから。

「ああ、こんな時のためにポケットにサンドイッチを入れてある」

そう言っておじいさんは、ズボンのポケットから、ビスケットみたいにぺたんこになって固まっているサンドイッチを取り出した。

「ハムサンドだ」

よく見ると間から、ボローニャハムらしいものがはみ出ている。

「確か、ハムだったと思ったが」

『クンクン』と匂いをかいだあと、彼はそれを私のほうへ差し出した。

「食うかい?」

思わず後ずさり、私は首を振った。

「あ、いえ、いいです。私ハムサンド・アレルギーで」

「ああ、そう」

おじいさんはそのサンドイッチを、仰向けに寝たまま、いかにもおいしそうに平らげた。

第九章　小さな王子とバラ

飛行士だったおじいさんの家は、最近行ったどんな博物館よりおもしろかった。古い地球儀を見ながら空から見た世界各地の様子を聞いたり、羅針盤の使い方を教えてもらったりするうち、あっというまに時間が過ぎ、西の空にはオレンジ色の夕日が沈み始めた。

たくさんの滑車につながれたタイヤのゴンドラに乗り、私は屋根についている小さなバルコニーに上った。あらかじめ外梯子《そとばしご》を登ったおじいさんが、バルコニーからロープを引いて上まで運んでくれたのだ。

名無しのキツネを胸に抱いて、私はバルコニーの突端に立った。眼下に広がる裏庭は下で見た時よりずっと広く、砂利の小道は飛行機がある場所から谷へと向かって真っ直ぐに伸びている。こうして上から見ていると、滑走路から飛行機が今にも飛び立とうとしているようだ。

「夕日がきれい」

つぶやく私の横に、紙の束を手にしたおじいさんがやって来た。

「今夜は晴れるからな」

ウインドチャイムの音がして、庭の木々が静かに揺れる。

「もうすぐ星が出るぞ」

ここから毎晩、望遠鏡で星をながめているおじいさんがうらやましい。我が家へちらりと目をやると、既に夕闇に包まれている私の部屋が見えた。

「星の王子は、夕日を見るのが好きだった。1日44回も見たことがある」

「えっ！　そんなに？」

おじいさんは微笑み、こくりとうなずいた。

「ああ、王子の星はすごく小さいから椅子を少しずらせば、すぐ次のが見られる」

「すごい！」

椅子に座り夕日をながめる王子の姿を想像するだけで、私はわくわくした。夕日を追って44回も椅子を移動させるなんて、すごくロマンチックだ。それとも、王子も時には一人でいるのが寂しくなって、夕日になぐさめてほしかったのだろうか。

「でも、小さな星ならではの悩みもあった。王子がヒツジをほしがったのは、バオバブのせいだったんだ」

手に持っていた紙束から一枚を抜き取り、おじいさんが私に渡した。そこには王子が柄の長いシャベルを使って、バオバブの芽を抜いている様子が描かれていた。

「〝バオバブ〟？」

聞き覚えのない言葉を、私はもう一度心の中で繰り返した――〝バオバブ〟。

「ああ、えらく生命力の強い木で毎日芽が出てくるから、それを抜くのが大変だったのさ。だから芽を食べてくれるヒツジが必要だったんだ。これがバオバブだ、参考までにな」

次に渡された絵には、バオバブの木が描かれていた。王子はこの木がたった3本で、大切な星を占領してしまうことをなによりも恐れていたという。

「彼はその悪夢のような光景を想像しては〝なんたる悲劇！〟と言ってなげいていた」

おじいさんはまた何枚かの紙を私に渡した。その中には、茎をしゃんと伸ばして立つ、一本の赤いバラの絵があった。

「だが幸い、悪い芽ばかりじゃなかった。ある日どこからか飛んできたという種から、見たこともない芽が出てきたんだ。それがこのバラだよ」

王子は、その芽をつきっきりで見守った。

なぜなら、最初はそれが新しい種類のバオバブかもしれないと心配したからだ。

しかし芽が伸びて小さな幹になると、それ以上大きくならず、薄緑色のつぼみをつけた。

「君は奇跡のようにステキに育つよ」

水をやり、添い寝をし、やがてつぼみは目も覚めるような赤い大輪の花を咲かせた。

「ああ、なんてきれいなんだ」

王子がため息をもらすと、バラはしとやかに言った。

「あら、まだ半分寝てるわ。ごめんなさい、こんなところをお見せしてしまって」

「いや、君は完璧だよ」

「当然よ、私は太陽と同時に生まれたんだから」

ちょうど真っ赤な太陽が顔を出し、二人は初めて一緒に朝日を見た。

ところが、それから幾度も朝日や夕日をながめるうち、
バラは美しさを鼻にかけてワガママを言い始めた。

「もっと私のことをいたわって。ついたてはないのかしら？　夜はガラスの覆いを被《かぶ》せて」

〃風が怖い、早くついたてを、早く覆いを、もっとほめて、もっといたわって
……〃

それでも、二人は愛し合っていた。

ただ悲しいことに、互いに若すぎて愛し方を知らなかった。

王子はバラを信じられなくなり、とうとう逃げ出す決心をした。

渡り鳥の群れにつかまって、星を後にすることにしたのだ。

別れの日、王子はバラに水をかけ、もう二度と帰ってこないつもりでバオバブの芽を抜き取った。

「さようなら」

別れを告げる王子に、バラは言った。

「愛してるわ。それが伝わらなかったのは私のせいね。どうか許して」

そしてけなげにも、自分の4つのトゲを見せた。

「心配しないで。私だって爪はちゃんと持っているから。さあ早く、行ってちょうだい」


「えーっ、逃げちゃったの!?」

渡り鳥の群れにつかまって去っていく王子の絵を見て、私は声をあげた。

「バラを置いて、王子はどこへ行ったの？」

予想外の展開を知らされ、私はおじいさんに詰め寄った。

「実は、あとで分かったことなんだが——」

おじいさんは、私を安心させるように静かに微笑んだ。

「——これは、彼女のもとへ帰る旅の始まりでもあったのさ」

ほっとした私は、肩に入った力がすっと抜けていくのを感じた。ワガママなバラと、彼女を愛する王子の話には、まだ続きがあるということだ。

「本当に？」

お話の紙から目を離しておじいさんを見ると、彼は望遠鏡を空に向け、にっこりと笑った。

「ほら、ごらん」

自分の場所を私に譲り、紫色から濃紺へと変わっていく夜空を指さした。

「星が出てきたぞ！」

古い望遠鏡のレンズをのぞきこみ、私はあまりの美しさに圧倒された。大小様々にきらきらと光る光の粒が、夜空いっぱいに散らばっている。こんなにたくさんの星があるのなら、このどこかにきっと王子の星〈小惑星Ｂの６１２〉もあるに違いない。

「星って明るいのね。すごくきれい」

「ああ、数えきれないくらいあるだろう」

おじいさんは、まぶしげに目を細めて夜空を見上げた。

「運のいい日は耳をすますと、王子の笑い声が聞こえる」

目を閉じるおじいさんの横で、私もおずおずと目を閉じた。

と同時に、腕時計のアラームが鳴った。『ピッピッピッ』

「いけない！」

弾《はじ》かれたように背筋を伸ばし、私は腕時計を見た。

文字盤のデジタル数字は、もう〝07：00〟になっている。信じられないことに、人生設計ボードのこともすっかり忘れ、こんな時間まで家を空《あ》けてしまった。

〝ママがまだ帰っていませんように〟

「もう行かなきゃ！」

私はキツネとお話の紙をしっかり胸に抱え、おじいさんの家を後にした。

第十章　お話のつづき

急いで塀の穴をくぐった時、２階の私の部屋に明かりが点《つ》くのが見えた。ママはもう、午後のマグネットが動いていないことに気づいただろうか。

「大変……」

シャワー・カーテンで応急処置をしてある壁の穴から、そっとリビング・ルームへ入った。

部屋の中は暗く、テーブルの上には数えかけの小銭が載っている。そうだ、残りは夕方になったら数えようと思っていたのを、すっかり忘れていた。

ドキドキしながら２階へ上がると、私の部屋の前の廊下に光が差しているのが見えた。

帰宅したママは、真っ直ぐに私の部屋へ向かったようだ。

私は戸口に立ち、キツネとお話の紙を背中の後ろに隠した。

「おかえりなさい」

机をかたづけていたママが、私のほうを振り返った。

「どうしたの、こんなに散らかして。今日の勉強は、はかどったの?」

どうやら、まだ人生設計ボードはチェックしていないらしい。

「えっと……」

少しほっとして、私は首を振った。

「そうでもないかな」

「じゃあ、なにをしてたの?」

「お話を読んだの。友達と一緒に」

ママの大きな目が、更に大きく見開かれた。これは問題を察知するセンサーが、鋭く反応した証拠だ。

「友達?」

ママは腰に両手を当てて、もう一度聞き直した。

「友達って?」

「駄目、駄目……ここも駄目」

棒で人生設計ボードをなぞりながら、ママはため息を吐いた。午後以降のマグネットが動いていなかったことでイライラしているのだ。〝友達〟と書きこんだ予備のマグネットを、貼り付ける箇所もなかなか見つけてくれない。

「ここも無理、ここも無理」

後ろに立っている私を振り返ることなく、予定の空《あ》きを探している。

「うーん……」

棒の先は時間の経過を表す横軸をどんどん移動し、ついに来年に到達した。

「そう、ここね！」

来年の夏のあたりで棒をぴたりと止め、ママは言った。

「よく勉強して、毎日人生設計のとおりに過ごしたら、そのお友達と遊ぶ時間もできるわ。ほら、ここ。来年の夏、毎週木曜日、1時から1時半。それでいいわね？」

〝友達〟マグネットは、言葉どおり来年の夏休みの位置に貼り付けてある。私は返事をするのも忘れ、ぽかんとボードを見つめた。

「楽しみね、来年の夏が。さっ、夕食の準備しなきゃ」

一仕事終えたとばかりににこりと笑い、ママは急ぎ足で去っていった。

「来年の夏か……」

私は肩を落とし、ボードの前で立ちつくした。これで、今日できた友達が、実はあの変わり者の隣人だと打ち明ける勇気が、完全にそがれてしまった。

夜、ベッドに入る前に電気を消し、私は用意しておいたヘッドランプを頭に装着した。ブランケットの下に隠してあるキツネとお話の紙を取り出し、耳をすましてママの足音が聞こえてこないことを確認する。

「よし、大丈夫」

さっそくベッドの上に座り、紙を左から順番どおりに並べた。抱き寄せたキツネの鼻先が微《かす》かな音を立て、少しひやっとした。

「しーっ、静かに。キツネ君」

口の前で人差し指を立て、お話の紙をのぞきこんだ。

ヘッドランプの光に照らし出された紙には、渡り鳥の群れにつかまり、飛び立っていく王子の姿が描かれている。バラとの別れを決心した彼は、どうなったのだろう。今日おじいさんが渡してくれたお話の紙は、王子が自分の星を旅立つところから始まっていた。

王子は渡り鳥の群れを利用して旅立った。
小惑星325、326、327、328、329、330の近くへやって来た王子は後学のために星の見物をすることにした。

ある星には、堂々とした玉座に座っている王様がいた。

白テンの毛皮で飾られた真っ赤なマントをはおり、頭に王冠を載せ、手には黄金の杖《つえ》を持っていた。

王子が近づいていくと、居眠りをしていた王様が目を開けた。

「ああ、家来であるな、近《ちこ》う寄れ」

王様は一度も会ったことがない王子を、いきなり〝家来〟と呼んだ。

なぜなら王様にとって、自分以外の人間はみんな家来だからだ。

「あなたは、なんの王様なの？」

王子が尋ねた。

「あらゆるものじゃ」

威厳のある声で、王様は答えた。

「じゃあ星も、あなたの言うことを聞くの？」

「ああ、もちろんじゃ。余に逆らうことは許さんからな」

そんなに権力があるのなら椅子を動かさなくても、夕日を百回でも二百回でも見ることができる。

感心した王子は、さっそく王様にお願いをした。

「僕、夕日がとても見たいんです。バラを思い出せるから。太陽に〝沈め〟って言ってくれませんか？」

「おお、分かった。夕日を見せてやろう。余が命じておく。ただし状況が整った時にな」

王様が言う〝状況が整った時〟とはいつなのだろう。心配になって王子は尋ねた。

「それはいつ？」

「えー、そうじゃな。だいたい……だいたい……。うーん」

しばらく考えたあと、王様は言った。

「だいたい今夜の、8時20分じゃ」

8時20分になるまで、あとどのくらいだろうか。

それにこの星は、王様の豪華なマントで覆われていて、王子が座る場所さえない。

居心地が悪くなった王子は、また別の星へ向かうことにした。

次の星には、派手なストライプの背広を着て黄色いつば広帽子を被《かぶ》った男がいた。

太鼓腹を突き出し気取った表情で微笑む男に、王子は話しかけた。

「おかしな帽子を被っているね」

「え、これ？」

うぬぼれ男は、帽子のつばに手を当てた。

「これはお辞儀用だよ。ほめられた時に、こうやってお辞儀をするためにね」

鼻をつんと上に向けてぺこりと頭を下げ、うぬぼれ男は王子に催促した。

「さあ、手を叩《たた》いて。ほらほら」

言われたまま王子が手を叩くと、男はますます得意げにお辞儀をした。

「いや、どうもありがとう。どうも、どうも……」

ところがすぐに、王子の拍手の仕方に不平を言い始めた。

「君、本当に私をほめてるかい？　心からほめてくれないといやだな」

おもねるようなニヤニヤ笑いを浮かべ、男は続けた。

「私は、ほらこのとおり。一番ハンサムで、おしゃれで、金持ちで、この星一のインテリだから。なぁ、そうだろう？」

「でも、この星には、あなたしかいないでしょう？」

王子の質問に、うぬぼれ男は口ごもった。

「う……うん、まあそうだが。それでもいいじゃないか。私をほめてくれよ。さあ、もっともっと」

人にほめられることが、なぜそんなに大事なのだろう。

不思議に思った王子は、この星からも離れることにした。

また別の星には、机に向かうビジネスマンがいた。彼の周りは書類の山で埋め尽くされていて足の踏み場もないほどだ。

無表情でひたすら計算を続ける大男に、王子はなにをしているのかと尋ねた。

「星は私が所有している。私が管理して、数えて、また数え直すんだ」

「でも、そんなことをしてなんになるの？」

首を傾げる王子に、ビジネスマンは不機嫌そうな声をあげた。

「金持ちになるために決まってるだろう」

「でも……」

王子は納得できなかったので、また尋ねた。

「お金持ちになってどうするの？」

「ますますたくさんの星が買える」

くだらないことを訊《き》くなと言いたげに、ビジネスマンは首を振った。

そして、びっしりと数字が書きこまれた書類や計算機を指さした。

「金があれば、なんだってできるんだ」

なんだってできるのに、ずっと計算しかしていないなんて変わっている。

「大人って、本当に……」

王子は首を傾《かし》げた。

「本当に奇妙だ」

第十一章　この世でたったひとりのかけがいのない存在

翌朝、シリアルと牛乳が用意されているテーブルについた私は、頻《しき》りに人生設計ボードをチェックしているママを見つめた。棒をせわしなく動かし「チェック、チェック」と声を出す様子を見ていると、昨夜読んだお話を思い出す。

ふと、空《から》のコップを手に取り、望遠鏡のようにのぞいてみた。丸いコップの底を通して見ると、棒を持ったママはまるでチェック星のチェック星人みたいだ。丸く湾曲したチェッカーボードの上で、マグネットを移動させながら上下左右にちょこまかと動き回っている。

「大人って、本当に奇妙」

小さな声でつぶやき、私はシリアルに牛乳をかけた。今日もおじいさんの家に行き、お話の続きを教えてもらおう。秘密の予定を考えながら、私は急いでシリアルを頬張った。

ママが仕事へ出かけると、私はすぐにリビング・ルームのサッシ扉を開け、おじいさんの裏庭へ向かった。今日は、いい風が吹いていれば凧揚《たこあ》げをする約束だ。トピアリーを動かし、塀の穴を抜け、頬に気持ちのいい風を感じると私の心は弾んだ。

おじいさんはもう裏庭にいて、凧揚げの準備をしていた。おはようの挨拶もそこそこに、私は昨夜読んだお話の感想を口にした。

「とっても奇妙だと思う。大人って」

飛行機の形をした凧はいろいろな色の紙を貼り合わせてできていて、細長くて白い尻尾がついている。切り株に座って凧ヒモのほつれを直しながら、おじいさんは笑った。

「わしは長年大人の中で生きて、近くからじっくりと観察してきたが、君とまったく同意見だ」

私もおじいさんと同じ切り株に座り、よく晴れた青空を見上げた。雲一つなく、どこまでも澄んだこの空の向こうに〈小惑星Ｂの６１２〉もあるのだ。

「私は、大人になんかなりたくない」

奇妙なことを奇妙だと気づかず暮らしていくくらいなら、ずっと子供のままでいたい。

「問題は大人になることじゃない、忘れることだ」

おじいさんの言葉を聞いたとたん、心臓がどきりと鳴った。パパの顔がはっきり思い出せないのは、もしかして大人になりかけてる証拠なのだろうか。私は悲しくなって、スニーカーの足先をじっと見つめた。自分もいつか、子供の頃のことをすっかり忘れ、どこかの星のなんとか星人になってしまうのかもしれない。

「私は絶対に忘れたくない」

つい最近まで、忘れることなんかなんとも思っていなかったはずなのに今は違う。小銭のビンから出てきた巻き貝に耳をつけた時、よみがえった海辺の記憶。あんなふうに大切な思い出を、私はいつまでも心に留めておきたかった。

「ああ、そうだな」

かすれた声でおじいさんは言った。

「ワシは大人になったが、星の王子のことを忘れたことはない」

私たちは立ち上がり、暖かい風の向きを顔で感じた。東から吹いてくる風に向かって凧を掲げると、カラフルな飛行機がふわりと浮上した。白い尻尾が勢いよくたなびき、草地に凧の影がくっきりと映りこむ。

私は笑い声をあげ、おじいさんに渡されたヒモを引いた。風の力はヒモを通して、しっかりと手に伝わってきた。

「凧揚げをするの初めてなの」

そう言うと、おじいさんは目をくるりと回して見せた。

「うそだろう！　それにしちゃ、うまいもんだ」

目陰《まかげ》を差して凧を見上げ、彼は続けた。

「〝初めて〟といえば、王子が地球にやって来た時、初めて出会った動物のことを話したかな？」

「まだ聞いてない」

返事をして手を緩めた瞬間、凧はバランスを崩し、木に向かって落下していった。

「あ――っ！」

私が叫び声をあげるのと同時に、凧はこんもりとした木の枝葉に引っかかってしまった。

おじいさんは枝の間に挟まっている凧を見て、肩をすくめた。

「凧揚げは一休みだ。お話の続きをするとしよう」


砂漠に降りた王子は、渦を描きながら現れたヘビに挨拶をした。

「こんばんは」

王子の声を聞き、ヘビは砂に半分埋もれていた頭を持ち上げた。

「こんばんは」

「ここは、なんていう星？」

砂の大地がどこまでも続く様を見て、王子は尋ねた。

「ここは地球のアフリカだ」

「みんなはどこ？　砂漠って寂しいね」

ヘビは小さな黒い目を、真っ直ぐに王子に向けた。

鱗《うろこ》のような形をした砂紋の上で、ヘビの体は青黒く光っている。

「人が大勢いても寂しいさ」

「君って変な動物だね。体が指みたいに細いもの。それに足も持ってないね。

それじゃ遠くに行けやしない」

「とんでもない」

ヘビは喉から『シューシュー』と音を出して笑った。

「体は指のように細くても、王様の指より力があるぞ。

どんな船よりも遠くまで君を連れていける」

そう言ったかと思うと、一瞬にして王子の脚に絡みついた。

「君が自分の星に帰りたくなった時は、いつでも手伝おう」

「その調子だ。左の枝に足をかけて！」

おじいさんの指示どおり、ごつごつした木の枝に足をかけた。初めての凧揚げに続き、今度は初めての木登りに挑戦している。見上げると、凧が引っかかっている枝までほんの1メートルのところまで来ている。

さっき聞いたヘビのお話は、なんだかとても不気味だった。ヘビはあまりかわいらしい生き物とは思えないし、最後に王子に言った言葉も気になる。

〝自分の星に帰りたくなった時は、いつでも手伝おう〟

いったいヘビはどうやって王子が星へ帰るのを手伝うというのだろう。王様の指より力があるとは、どういう意味なんだろう。

「手を伸ばしたら、落ちそうで怖い！」

もう少しで届きそうな凧のヒモが、ほんの少し上で揺れている。しかし少しでも腕を伸ばすと、枝にかけた足が滑ってしまいそうだ。

「それでいい、怖くて当然だ。だから君を登らせてる」

下から聞こえてくるおじいさんの声を聞いて、私は笑った。

「いいぞ、あと一息！　ほら、手を伸ばしてごらん」

私は足の爪先に力をこめ、ぐっと歯を食いしばった。指先がヒモの微《かす》かな感触を感じ、足先に更に力をこめる。

「あ、取れた！」

ヒモをしっかりと握り、私は声をあげた。

「おーやったな。でかした、でかした！」

顔をわずかに下へ向け、おじいさんに笑いかけようとした瞬間、枝にかけていた足が滑った。

「うわぁ――っ！」

必死でなにかにしがみつこうとしたが、落下し始めた体は急角度で傾斜している幹を、勢いよく滑り落ちていく。

『ドサッ』という音とともにお尻から地面に落ち、私はとっさに側に落ちている凧に目をやった。

「よかった……」

少なくとも、凧を取ることはできたようだ。ほっとした瞬間、今度は手のひらが急に熱くなるのを感じた。

「イタッ」

手を広げて見てみると、両手のひらの擦り傷から血がにじんでいる。

おじいさんは膝をついて、私の手のひらをのぞきこんだ。

「こりゃ痛かろう。手術しなきゃな」

「えっ！　手術？」

庭椅子に腰掛けた私は、コットンに消毒液を染みこませているおじいさんの手元を見つめた。切り株の上には絆創膏《ばんそうこう》や包帯が入った救急箱が置かれている。擦りむいてしまった手のひらは、まだひりひりとしているのに、おじいさんの手を見ているだけで痛みが和らいでいくような気がした。

「想像の倍は、怖かっただろう？」

おじいさんは、コットンをそっと私の手のひらに当てた。消毒液が傷にしみる刺激とともに、ヒヤリとした冷たさが伝わってくる。

「3倍も4倍も怖かったよ」

擦り傷に載せた白いコットンは、手のひらより大きい。徐々に痛みが引いていくのを感じながら、私はおじいさんの〝手術〟が成功したことを確信した。

「楽になったろ？」

尋ねられ、私はにっこり笑った。

「うん」

痛みが引くのと同時に、またさっきのヘビの話が気になり始めた。

「王子はヘビ以外の生き物にも会ったんでしょう？」

確かおじいさんは、ヘビのことを王子が初めて出会った動物だと言っていたはずだ。

「ああ、会ったよ。今度はオレンジ色の美しいキツネに会ったんだ」

そう言っておじいさんは、私の手のひらからコットンを外し、傷にふーっと息を吹きかけた。

王子が長い時間をかけ、砂と岩と雪の大地を通り抜けると、キツネが現れた。

鮮やかなオレンジ色をしたそのキツネは、リンゴの木の下から王子を見ていた。

たいそうきれいなキツネで、王子はすぐに友達になってほしいと思った。

「ねえ、キツネ君。僕と遊んで」

ところが、王子に声をかけられたキツネは、すぐに木の陰に隠れてしまった。

「君とは遊べない。懐《なつ》いてないから」

「そうか。でも、それはどういう意味？」

尋ねる王子に、キツネは木の陰から黒い鼻先だけを出して答えた。

「絆《きずな》ができていないってことさ。俺にとって君は十万人いるほかの男の子と、何一つ変わらない。

俺は君が必要じゃないし、君も俺が必要じゃない。

君にとって俺は十万匹いるほかのキツネと同じだからさ。でも……」

木の陰から顔を出し、キツネは改めて王子を見た。

「もし、懐いたらお互いが必要になる。お互いがお互いにとって、この世でたった一人のかけがえのない存在になるんだ」

木の陰から出てきたキツネは、一歩ずつ王子のほうへと歩み寄っていった。


〝この世でたった一人の、かけがえのない存在〟

キツネの言葉は、私の頭の中にいつまでもこだましていた。それまで誰でもなかった人が、私にとってたった一人の人になること。また私も、誰かにとってたった一人の人になること。なんだか、それってすごく特別のことのように思える。でも、本当はどうなんだろう。実は、ほんの小さな一歩で、なんでもない何かが特別に変わるものなのかもしれない。そう、問題は、その一歩を踏み出す勇気なんだ……。

第十二章　時間をかけて尽くした分、大切になる

翌朝、アラームで目を覚ました私は、ナイトテーブルに伸ばした手を止めた。テーブルの上には、日々少しずつ増えていくお話の紙と腕時計が載っている。私は一緒に眠っていったキツネを抱き寄せて、体を起こした。

窓から差しこむ朝日を見るだけで、おじいさんの裏庭の風景が目に浮かぶ。そして、お話の続きを想像すると、じっとしてはいられない気分になった。

今日は、どんな1日になるだろう。夏の日差しを浴び、立ちのぼる草の香り。東の空に沈む、オレンジ・シャーベットのような夕日。

腕時計ではなくお話の紙を手に取り、私はベッドから飛び起きた。

今日はおじいさんの提案で、飛行機の操縦席に乗せてもらうことになった。操縦桿《そうじゅうかん》を握り、前方から大型の扇風機で風を当ててもらうと、まるで空を飛んでいるようだ。操縦

桿を前に倒せば下降、手前に引けば上昇。右や左に傾ければ、その方向へ旋回することができるという。

飛行帽を被《かぶ》らせてもらい、おじいさんとツーショットの写真も撮った。古いポラロイドカメラで撮った写真は、少し色褪《いろあ》せているけれど、カメラに向かってピースサインをしている二人は満面の笑顔だ。

オイルの匂いのする操縦席に座り、砂漠の上を悠々と飛び回る自分を思い描いてみる。このおんぼろ飛行機も、昔は本当に大空を飛んでいたのだと思うと驚きだ。

高度計、燃料計、速度計などが並ぶコックピットに写真を貼り付け、私はすっかり飛行士になった気分だった。

「キツネと王子は、友達になれたんでしょう?」

私は昨日から気になっていたことを、おじいさんに尋ねた。

「ああ、もちろん。とても仲良くなったんだ」

目を輝かせる私に、おじいさんは続けた。

「そしてある時、こんなことがあったんだよ」

仲良くなった王子とキツネは、毎日リンゴの木の下で遊び一緒に眠った。

今まで一人ぼっちだった王子は、夕日をキツネと見ることができてとても嬉《うれ》しかった。

キツネもまた同じように、王子と麦畑を跳ね回ることができて幸せだった。

「俺にとって君は世界にたった一人。君にとって俺は世界にたった一匹」

そしてある日、赤い花がたくさん咲いている場所へやって来た。

しかし王子は、その光景を見て顔を曇らせた。

その花々が、みんな一つ残らず見覚えのある花だったのだ。

「君たちは誰？」

王子が尋ねると、花々は一斉に歌うような声で答えた。

「私たちはバラよ」

「バラ？」

こんなにたくさん咲いている花が、ぜんぶバラだということを知って、王子は悲しくなった。

自分の星に残してきたバラは、世界のどこにもないたった一つの花だったはずだ。

あたりを見渡してみると五千ほどの、同じ色同じ花びらを持ったバラが咲いている。

「僕のバラは、この世に自分だけって言ってたのに」

王子はたまらず、地面に突っ伏して泣き始めた。

このことを知ったら、きっとバラはひどく傷つくだろう。

笑われまいと咳《せき》をして、しょんぼりして……そして本当に病気になって死んでしまうに違いない。

泣いている王子の側に寄りそい、キツネは言った。

「彼女は、どこにでもいるバラじゃない。君のバラなんだから。

君が時間をかけて尽くした分、大切なバラなんだ」

顔を上げた王子は、キツネに問い返した。

「僕のバラが？」

「そうさ……」

うなずいたキツネは、寂しげな目で王子を見つめた。

「バラのところへ、帰ってあげなよ」

午後になり、私とおじいさんは、蛍光ペイントを使っていろいろな場所に星を描いた。

家中の壁や家具、そして梁《はり》にまで星を描き、すべての窓に暗幕をかけると、おじいさんの家は小さなプラネタリウムのようになった。青白い星が至るところに浮かび上がるのを見ていると、この場所がいったいどこなのか分からなくなりそうだ。

内緒で自分の目の周りに丸を描いたり頬にひげを描いたりしていた私を見て、おじいさんが声をあげた。

「わ――――っ！　ゾンビだ！」

逃げ出すおじいさんを追いかける私の腕の中には、やはり目の周りを青白く光らせているぬいぐるみのキツネがいた。鼻先の鈴を鳴らし、頻《しき》りに笑っているみたいだ。お腹が痛くなるほど笑いころげながら、おじいさんと私の鬼ごっこは続いた。

〝彼女はどこにでもいるバラじゃない〟

『チリチリ』という鈴の音と一緒に、お話の中のキツネの声も聞こえてくるような気がした。

〝時間をかけて尽くした分、大切なバラなんだ〟

夜、ベッドに入った私は、星が瞬く天井を見つめた。星形に切り蛍光ペイントを塗った紙を天井いっぱいに貼り付けたので、明かりを消した私の部屋は満天星の夜空に変わるのだ。

おじいさんに渡されたお話の紙には、バラの野原で泣いている王子の姿が描かれていた。この続きがどうなるのか、まだ分からない。やはり、キツネと王子には別れが待っているのだろうか。それから、王子は無事に戻ることができるのか。バラが待っている〈小惑星B612〉に……。

あれこれと思いを巡らせているうち、私はうとうとし始めた。ふわりと気持ちのいい眠気の雲に抱きかかえられ、夢の世界へ運ばれていく。

人生設計ボードも腕時計も教科書もぜんぶ地上に残して、私はただ上へ上へと上昇する。紙の星がちりばめられた夜空へ向かって。星空のどこからか、王子の笑い声が聞こえてきた。私はその声に導かれるように、星雲の彼方へと飛んでいった。

ふと周りを見渡せば、お話に添えられていた絵が、星座となって浮かび上がっている。バラを世話する王子、渡り鳥の群れ、小さな星の奇妙な大人たち、砂漠の蛇、友達のキツネ、無数のバラ……。そして、それらをながめるうち、私は深い眠りへと吸いこまれていった。

第十三章　誰でもさよならを言う時がくる

王子とキツネに、とうとう別れの時がやって来た。

「泣いているの？」

王子に尋ねられたキツネは、目を閉じてうなずいた。

「そうだよ」

キツネの美しい夕日色の頬に涙がこぼれ落ちた。

「でも平気さ。麦畑を見れば、君の金色の髪を思い出すから」

「僕が懐《なつ》かせたのが、よくなかったんだね」

王子もうなだれた。

さよならがこんなに悲しいなら、十万の中の一人でよかった。

そう思った時、キツネは大好きな王子に贈り物をすることにした。

「お別れに、秘密を教えよう」

王子の耳に顔を近づけ、キツネはささやいた。

「心で見た時だけ、本当のことが分かる。大切なものは、目に見えないんだよ」

「もう一生会えないの？」

おじいさんに尋ねて、私はキツネを抱きしめた。やはり、王子はここで友達とさよならしなければならなかったのか……。

オモチャの飛行機のプロペラを直し終え、おじいさんはねじを巻き始めた。プロペラはねじ巻き式になっていて、梁《はり》からヒモで吊《つる》した飛行機を丸く円を描くように飛ばすことができる。

「そんなことはないさ」

今日渡されたお話の紙には、リンゴの木の下にぽつりと座っているキツネの絵が描かれていた。正面を向いている小さな三角の顔は、とても悲しそうだ。

「どうして？」

首を傾《かし》げる私に、おじいさんは言った。

「キツネは心の中でいつでも王子に会える。それができれば、君も寂しくなくなる」

「そうね。でも私は寂しくない、おじいさんがいるから」

おじいさんがねじから手を放すと、飛行機は『カタカタ』と音を立てながら円形に回り始めた。

「ああ、わしはついていたよ。このお話は、誰にも聞いてもらえないかと思っていたが、君に会えて間に合った」

微笑むおじいさんを見て、私は座っていたクッションから立ち上がった。

「〝間に合った〟ってどういう意味？」

「誰だってさよならを言う時が来る。遅かれ早かれ、必ず」

胸の中が急にざわざわとする感覚を覚えて、私はおじいさんの顔をのぞきこんだ。

「どこかへ行くの？」

「さあなぁ」

おじいさんは飛行機から目を離し、私の視線を受けとめた。庇《ひさし》のような眉毛の下の青い目が、じっと私を見つめている。

「たとえばの話だが……庭にある、あの飛行機が直って、もしかすると……」

小さく咳払《せきばら》いをしておじいさんは続けた。

「王子に会いに行くことになるかもしれないだろう」

「でも……」

私は、おじいさんのほうへ一歩歩み寄った。

「王子にはバラがいるでしょう。だから私のそばにいて！」

そう言った瞬間、じわじわと湧き出る涙で視界がかすんだ。

おじいさんは慌てて私の前にしゃがみこみ、何事か考えるように黙りこんだ。そして、しばらくして口を開いた。

「なあ」

声をかけられ、私は顔を上げた。涙はこぼれ落ちる手前で辛うじて止まり、おじいさんの顔がにじんで見える。

「腹減らないか？　いい店を知ってるんだ。誕生日にはパンケーキがタダになる」

「でも、私の誕生日はもう少し先だよ」

消え入るような声で言った私に、にっこり笑ったおじいさんはウインクをして見せた。

「そりゃ、内緒にすればいいさ」

おじいさんが自動車を持っていることを、私はこの日初めて知った。玄関の横にあるツタに覆われた倉庫に、その水色のクラシックカーは入れられていた。塗装は剥げかけ、窓もちゃんと閉まらなくなっているが、おじいさんはちゃんと動くから心配ないと主張した。

私は半信半疑で乗りこみ、イグニッションにキーを差しこむおじいさんを見守った。

『ブルルン、ブルルン』と変わった音を立て、車はゆっくりと動き始めた。

「飛行機と同じようなもんだ。古くても整備していれば大丈夫」

車がスムーズに車道を進み、ハンドルを握るおじいさんは得意げだ。

はるかに速いスピードで追い越していく子供の三輪車を見送り、私は首を傾げた。

「飛行機って、墜落させたやつ？」

助手席に座っている私のほうを見て、おじいさんは笑った。

「そういうこと」

カーラジオからのんびりとしたテンポの曲が流れ始め、ひらひらと飛んできた青い蝶《ちょう》が、開いている窓から車内へと入ってきた。

時速16キロの車内を蝶が飛び回り、私たちは顔を見合わせて笑った。

その時、交差点を一時停止せずに直進したおんぼろ車を見て、進入してきたセダンが急ブレーキをかけた。

『キキィ――』という大きな音とともに、どこからともなくパトカーのサイレンが聞こえ始める。

「おっと……」

ブレーキをかけることなく、おじいさんは運転を続けた。ホコリだらけのバックミラーには、チカチカと点滅するライトが映っている。

後ろから現れたパトカーには、壁破壊事件の時に駆けつけた警官が乗っていた。

『その車、止まりなさい』

スピーカーから発せられた声を聞き、おじいさんはようやく車を路肩に寄せて停めた。

「おまえさん免許証、持ってるか？」

訊《き》かれた私は、首を大きく横に振った。

「持ってない」

9歳、いや厳密に言えばまだ8歳の私が免許証を持っているわけがない。

「仮免も？」

「うん、仮免も」

『コン、コン、コン』

運転席側に近寄ってきた警官が、窓を3回叩《たた》いた。

なかなか動かない開閉ハンドルを苦労して回し、おじいさんは警官に笑いかけた。

「やあ、ごきげんよう、おまわりさん」

開いた窓から、警官の仏頂面が現れた。彼は深々とため息を吐き、おじいさんに言った。

「車を出したんですね……また」

〝また〟という言葉を、〝またー〟と伸ばして発音した警官に、おじいさんは渋々うなずく。

「ああ、はい」

今度こそ、逮捕されてしまう。焦った私は身を乗り出し、おじいさんと警官の間に入った。

「どうも、おまわりさん。えっと……」

顔をひきつらせて笑い、私は懸命に次の言葉を考えた。

「一言、言わせてもらっていいですか。実は今日、私の誕生日で……」

警察からの連絡で、ママはすぐに会社を早退して帰ってきた。ママの紫色の車が家の前に到着した時、私は警官と一緒にパトカーの側に立っていった。今日が誕生日だとウソをついてしまったことも、すぐにばれてしまうだろう。それよりなにより、予定をこなしてもいないのにマグネットを移動させていたことや、新しくできた友達が隣のおじいさんだったことが、これで完全に知られてしまう。

パトカーのボンネットに目をやると、上に置いたキツネがボタンの目を見開いて、ことの成り行きを不安そうに見守っている。おじいさんは警官の注意で家に戻されてしまい、私は心細さで今にも震えだしそうだった。

「中で待ってて」

車から出るなり、ママは真っ直ぐに家を指さした。

「でもママ、聞いて……」

「いいから、行きなさい」

いつになく険しい表情のママを見て、私はなにも言えなくなった。やっぱり怒っている、それも警戒レベルは間違いなく最大値だ。

家に駆け戻った私は、窓から車寄せにいる警官とママの様子をうかがった。

「奥さん。すみません、お仕事中に」

微《かす》かに警官の声が聞こえてきた。

「なんでも、パンケーキを食べに行こうとしていたらしくて。お隣さんと……」

「ちょっと、ちょっと待って」

ママのうわずった声が、警官の声に重なった。

「どういうことか、わけが分からないわ。〝お隣さん〟って、よく知りもしない人よ」

「そうですか？　今、家にいらっしゃいますからお会いになってはどうでしょう」

警官の言葉が聞こえた瞬間、私は思わず声をあげた。

「ウソ……ウソ、やめて！」

〝ああ、神様！　ママをおじいさんに会わせないで〟

もし二人が対面したらどんなことになるか、私には簡単に想像することができた。もう二度と、おじいさんと会わせてもらえなくなる。私は絶望的な気分で、窓ガラスに顔をつけ、隣の家に向かうママの姿を目で追った。

第十四章　人生で大事なものは目に見えない

玄関のドアを開けたママの手には、キッツネが握られていた。つかつかとリビング・ルームに向かっていく背中を見るだけで、既に大声で叱られた気分だ。あの激しい怒りにまかせて、ぬいぐるみをゴミ箱へ投げこむんじゃないか。パトカーのボンネットにキッツネを置いてきてしまったことを後悔しながら、私も急いでリビング・ルームへ向かった。

キッツネはテーブルの上で、胸の下に両手をたくしこみ丸まっていた。

「よかった、キッツネ君……」

それを見てほっとしている私の耳に、うわずったママの声が聞こえてきた。

「これによると――」

棒を手にしたママが、いつものてきぱきとした手つきでボードをなぞった。

「――あなたは、まだベッドで眠ってる……えっと、昨日から！」

そうだ、マグネットを動かしておくのを忘れていた。しかも、お話の紙もテーブルの上に出しっぱなしだ。

「あなたの〝お友達〟は運転免許証もないのよ。ああ違う……」

額に落ちてきた前髪を耳にかけ、ママは続けた。

「警察に取り上げられたんですって。給油ホースを突っこんだまま通りを走ったから。それも4回も！」

思わずぷっと吹き出しそうになるのをなんとか堪《こら》えて、私はキツネと目を合わせた。

「笑い事じゃない！　あなた、死んでたかもしれないのよ」

私の表情を読み取り、ママの顔は更に険しくなった。

「だいたい、よそのうちの子供を……」

「待って、ママ。説明させて」

「駄目！　どうせ、ウソつくんでしょう」

「そんな……」

「ママにウソついて、おまわりさんにウソついて。ああ、そうそう……」

ママはボードに目をやり、私の誕生日の印《しるし》を棒で指した。

「忘れないうちに言っておきましょう、お誕生日おめでとう。今日が誕生日だなんて、あなたは人生設計にまでウソをついたことになるわね」

人生設計ボードを見て、私は大きく頭《かぶり》を振った。正直、この新しい考案品に対するママの傾倒ぶりには、いいかげんうんざりだった。

「こんなのは、ただのマグネットでしょう。ママはこれを私より大事にしてるみたいだけど」

リビング・ルームの壁を独占しているボードは、今や我が家の要《かなめ》となっている。これじゃまるで無言の圧力をかけ続ける見張りロボットがいるみたい。やらなきゃならないことと、やりたいことがぜんぜん違うことを、ママはどうして分かってくれないのだろう。

「なに言ってるの。あなたと同じくらい大事にしてるだけよ。これはあなたなのよ」

棒を両手で握りしめて、ママは言った。

「あなたの人生そのもの。それを守ってあげられるのは、ママだけなのよ」

マグネットだらけのスチールの板が人生？　そのとたん、私の頭の中に雑然としたおじいさんの家や裏庭の風景が浮かんだ。あそこにいる時、私は正直になれた。思っていることと、感じていることすべてが認められ、受け入れられた。私の人生を守るどころか、ウソをつかなければならないように仕向けたのは、こんなボードを作ったママのほうだ。

「これはママが望んでいる人生。私のじゃない！」

私の声が、整然と片付いているリビング・ルームに響き渡った。

「ママは側にいないから、そんなことも分からないのよ！」

「知ってるでしょ？　私がなんでこんなに働いてるか」

棒をテーブルの上に置き、ママの大きな目が私の顔をのぞきこんだ。瞳の奥には、怒りだけでなく失望が浮かんでいるのが分かる。私はママにとって、人生設計にそった望みどおりの子供ではないと、その目は言っているように見えた。

「ママは仕事ばかりしてる。なんだかパパみたい。いつか私を置いて、出ていくんじゃないの？」

なんでこんなことを口走ってしまったのか、自分でも分からなかった。ただこの言葉が、ママとの口論を取り返しのつかないところまで一気に押しやってしまったのは確かだった。

ママは、テーブルの上に置かれているお話の紙を手に取り読み始めた。

「〝王子は渡り鳥の群れを利用して旅立った〟ですって。なんなのよ、これ？」

そう言ったかと思うと、紙束を目の高さまで上げ、びりびりと切り裂いた。

「やめて、ママ！」

叫び声をあげる私の横で、ママはキツネを手に取り、真っ二つに裂いたお話の紙と一緒にゴミ箱の中に投げ入れた。

「もういい、おしまい」

ペダル式ゴミ箱の蓋が閉まり、ステンレスの『カタン』という音が部屋に響いた。
「くだらないことは忘れて、あと2週間、大切なことに集中よ」

この日から、私はまた人生設計ボードどおりの生活に戻った。といっても〝強制されたから仕方なく〟というのとは少し違う。それが、そうしなければならないことだと自分なりに理解したからだ。

消極的な肯定。でも、隠し事をし続けるよりずっといい。

私はパパのことまで持ち出して、ママを傷つけてしまった。仕事のために家を空《あ》けていることを、言いつけを破る理由にするのは卑怯《ひきょう》だ。ママは引っ越しまでして、娘をいい学校に入学させようとがんばったのに。

どんなに理不尽なように思えても、ママの行動の根底には必ず愛情がある。そんなことも分からないほど、私は子供じゃない。

勉強をして、体操をして、バランスのいい食事をして。マグネットは日々着々と〈ワース学園〉初登校日に向けて移動していった。

リビング・ルームの壁の修理が終わり、シャワー・カーテンが取り払われると、家の中の空気までが一変したようだった。部屋の壁にかけてある真新しい制服を見ながら、私はベクトル計算式と独立戦争時代のアメリカ史習得に励んだ。

それでも、ベッドに入り、天井の星空を見上げると、まだ読んでいないお話の続きやキツネやおじいさんのことが気になった。ゴミ収集日は明後日の朝。大切なぬいぐるみの友達とお話の紙が、ゴミ収集車に投げこまれることを想像するとたまらない気持ちになった。

ブラインドの上がった窓に目をやると、おじいさんの家のバルコニーと望遠鏡が黒い影になって見える。あれ以来一度も、おじいさんはあそこへ登っていない。日中は勉強に集中できるよう、ブラインドを下ろすように言われているけれど、実は時々、羽根の間に指をかけ外の様子をうかがってきた。

おじいさんは今ごろ、どうしているのだろう。もしかすると、体調を崩しているのかも。だからあの時突然、王子に会いに行く話をしたのかもしれない。〝誰だってさよならを言う時が来る〟とおじいさんは言っていた。耳をすますと、軒先のウインドチャイムの音が聞こえてきた。微《かす》かな音に耳をそばだてながら、一人でさよならの準備をしている彼の姿が浮かび、心が沈んだ。

翌朝、目覚めてすぐに腕時計をつけた私は、一階へ下りていった。今日は私の誕生日だ。予想どおり、リビング・ルームのテーブルには、戸口に近いほうから順に、ロウソクが1本だけ立ててあるカップケーキ、マッチ箱（箱の外に軸が1本出してある）、ママからのプレゼント（一ヵ月前にラッピング済み）、そして宅急便の段ボール箱が並べられていた。今日は平日なので、当然ママはもう出勤していて家にはいない。

見事なまでに顕微鏡の形にラッピングされたプレゼントの前を通り過ぎ、私は開封済みの段ボール箱に手をかけた。蓋を開いてみると、やはり緩衝材に埋もれたスノードームが現れた。〝愛してるよ　パパより〟とポストイットに書かれた見慣れた文字が目に入る。ガラスの側面に貼られているメモを剝がし、私はスノードームを持って2階へと上がっていった。

既に8個が並んでいる棚の中央に、新しいスノードームを置いた。これでミニチュアの摩天楼群に、また一つ灰色のビルが加わった。パパはどの階のどの窓の近くで仕事をしているのだろう。想像しながらガラスのドームをのぞきこんでいるうち、なぜか涙が出そうになった。置いたばかりの9個目のスノードームだけ、激しい吹雪に見舞われている。いくら見つめてみても、ビルの窓はすべて同じ。黄色く着色されたただの小さな四角形だった。

吹雪が収まり始めると、棚の奥に押しやっていた緑色の小さな人形の影が、うっすらと見え始めた。私はまた涙が出そうになるのを堪えて、棚から目をそらした。

誕生日の一日があと少しで終わる深夜、私はとうとうキツネとお話の紙の救出を決行した。明日の朝ゴミ収集車が来れば、それでジ・エンド。大切な宝物とは永遠にお別れだ。そんなことは、たぶん耐えられない。いや……絶対に耐えられない。

ゴミ捨てを終えたママがベッドに入るのを待って、リビング・ルームのサッシ扉からそっと外へ出た。うちのゴミ収集箱は、外灯の光が届かない車寄せの奥に置かれている。しかし頭につけたヘッドランプを頼りに、なんとかお話の紙とキツネを捜し出すことができた。

宝物を抱えて部屋に戻った私は、さっそくキツネを拭いてやり、破れた紙をテープで念入りにつなぎ合わせた。

きれいになったキツネをベッドに座らせ、補修したお話の紙を並べると、ようやく胸のつかえがすっと消えていくのを感じた。一息つく間もなく、まだ読み終えていないお話の続きをヘッドランプの明かりで照らした。それと同時に、砂漠の荒涼とした世界が、私のベッドの上に広がっていった。

飛行機が砂漠に墜落してから8日目、私は貯えの水の最後の一滴を飲み終えた。
しかしこんなに果てしない砂漠の中で、あてもなく歩き回り井戸を探すなんて無謀すぎる。

どうしたものかと考えこんでいると、王子は言った。

「やっぱり井戸を探そうよ。友達がいれば歩いていけるさ」

灼熱《しゃくねつ》の太陽に照らされ、熱風にさらされ、
私たちは何時間も何時間も歩き続けて、やがて日が暮れた。

空には無数の星が光り、月光は白い砂漠の砂をキラキラと輝かせた。

二人ともとても疲れてたので、小高い場所に肩を寄せ合って座った。

王子の言うとおり、こんな時に友達が側にいるのは心強いものだと私は思った。

「星があんなにきれいなのは、見えないところに花が咲いているから」

もうろうとする意識の中で、私は王子の声を聞いていた。

「砂漠がこんなにきれいなのは、どこかに井戸が隠れているから」

そしてふと、子供の頃に住んでいた古い家のことを思い出した。

その家には、宝が埋められているという言い伝えがあった。

もちろん、誰も宝を発見してはいないし、探そうとした者もいなかった。

でもその言い伝えがあるおかげで、家中に美しい魔法がかけられているように思えた。

古い家はその奥に、一つの秘密を隠していたから。

月明かりの下、私の目に映った王子はひどく弱々しかった。

青白い顔をして目を閉じ、金色の髪が蜘蛛《くも》の糸のように風に揺れていた。

私は自分に言い聞かせた。

〝今見えているものは貝殻にすぎない。

なによりも重要なものは、目に見えないところにあるのだ〟と。

眠ってしまった王子を抱きかかえて、私は再び歩き始めた。

王子の寝顔は、微笑んでいるように見えた。

なんとも愛らしく純真な表情に、思わず涙が出るほどだった。

それはきっと、王子が一輪の花をいつまでも忘れずにいるからなんだろう。

バラの姿が、眠っている間もランプの灯のように王子の心を照らしているからなんだろう。

そんなことを考えながら、私は壊れやすいガラス細工を運ぶように王子を抱き、砂漠を進んだ。

そして夜が明ける頃、とうとう井戸を発見した。

綱に手をかけ井戸の滑車を動かすと、長いこと風に吹かれずにいた古い風見鶏のように『ギイギイ』という音がした。

「ほら、井戸が目を覚まして歌っているよ」

満足気に目を閉じて水を飲み、王子は言った。

「君の星の人たちはバラを何千本育てても、探しものが見つからないんだね」

そして無邪気に笑った。

「たった一本のバラや一口の水の中にあるかもしれないのに」

「そうかもしれないね」

私も水を飲み、王子の言葉にうなずいた。

王子の頬には赤みが差し、瞳はキラキラと輝いている。

「だけど、目ではなにも見えないよ。心で探さないとね」

水のおかげで生き返った私も、ほっとして夜明けの砂漠を見渡した。

蜂蜜色の砂の波は、目が覚めるほどの美しさだ。

それなのに、どこかもの悲しさを感じるのはなぜなのだろう。

不思議に思いながら、笑い声をあげて駆け回る王子をじっと見つめた。

第十五章　物語のおわり

決めた！　王子に会いに行こう。翌朝すぐに、私はキツネを胸に抱き、旅の荷物を詰めた小さなキャリーケースを引いて、おじいさんの家へ向かった。砂漠をあてもなく歩いて井戸が見つかったのなら、王子さまだって見つけられるに違いない。そうすれば、砂漠で飲んだ一口の水が王子の命を救ったように、おじいさんを元気にしてあげられるはずだ。

力をこめて玄関のドアをノックすると、しばらくしておじいさんが顔を出した。ひげはいつにも増してもじゃもじゃで、顔色も悪い。

〝やっぱり具合が悪かったんだ〟

咳《せ》きこんでいるおじいさんが一声を発する前に、私は言った。

「私も行く。連れて行って」

断られるのがこわくておじいさんの顔から目をそらし、私は裏庭の飛行機に乗ることだけを考えた。整備が終わっているといいんだけれど、どうだろう……。

「ちょっと、待ってくれ」

おじいさんは戸口の真ん中に立ち、私の顔をのぞきこんだ。

「このあいだは、わしが間違ってた。もうここへ来るのは、やめなさい」

「大丈夫、これで最後よ」

間髪を容《い》れず答え、私はおじいさんの目を真っ直ぐに見た。

「最後って……」

困惑している様子のおじいさんの横をすり抜け、私はキャリーケースを引いてどんどん家の中へと入っていった。

たぶん、キツネとお話の紙をゴミ収集箱から救い出した時から、気持ちは決まっていたのだ。これが、私のしたいこと。ママに分かってもらえないなら、もう家には帰れなくたっていい。私は自分の心の声に従って、屋内を通り抜け裏庭の小道を進んだ。

「飛行機を飛ばそう」

キャリーケースを操縦席の後ろに押しこみ、脚立のタラップから機内へと入った。追ってやって来たおじいさんは、口をぽかんと開けたまま、こちらの様子を見守っている。

「砂漠を歩いて井戸を見つけられたんでしょう。だったら星の王子さまも見つかるわ」

「おいおい、ちょっと待った。お嬢ちゃん」

眉毛の下の青い目が、早くも助手席に収まっている私へと向けられた。

「今すぐは飛べないよ」

「そうね、まず翼を直さないと」

気づけば左の翼にはまだ、鳥が巣にしていた大穴が開いている。

「いや、そうじゃなくて」

眉尻を下げ、おじいさんは顔を曇らせた。

「申し訳ないんだが、旅立つべき時が来たら、わしは一人で行かなきゃならん」

「でも、わたし迷惑かけないし、場所も取らないから……」

狭い助手席の中でできるだけ体を縮め、私はおじいさんに懇願した。

「お願い、置いていかないで。お願い！」

おじいさんは小さく肩を落とし、ふーっとため息を吐いた。祈るような気持ちで見つめている私に、彼は言った。

「そろそろ物語のおしまいを話そうか」

夜、飛行機の修理を終えた私が、王子の元へ戻った時、
彼は崩れかけた石垣の上に座って誰かと話をしていた。

両脚をぶらりと下ろし、王子は言った。

「じゃあ今夜、僕を待ってて。本当に、長くは苦しまない？」

私が戻ってきたことに気づき、王子は微笑んだ。

しかし彼の足下にはヘビがいて、青い頭を持ち上げている。

話をしていた相手は、なんと一匹のヘビだった。

私は急に胸騒ぎがして、腰からピストルを抜いた。

ところがヘビは、出なくなった噴水の水のようにすーっと砂に潜り、岩の間へ消えていった。

「僕も今日、家に帰るんだ」

石垣から下りようとする王子を抱きとめ、そっと砂の上に戻した。

私の腕には、抱きとめた時の王子の鼓動がいつまでも残っていた。

それはまるで、銃で撃たれて息絶える寸前の鳥の鼓動のように弱々しかった。

「君のうちよりずっと遠いから、帰るのは大変なんだ。だからちょっぴり、怖いよ」

そう言うと、王子は遠くを見るような目で砂漠を見渡した。

私が修理を終えたことを、どうして知っていたのだろうか。

もう会えなくなることを思うと寂しくなり、私は王子を赤ん坊でも抱くようにしっかりと抱きしめた。

王子の笑い声は、砂漠で飲む泉の水と同じだ。

「もう君の笑い声を聞けないのか……」

悲しげにつぶやいた私に、王子は言った。

「お別れに、いいことを教えてあげる」

王子は明るい星空を見上げた。

「この星空のどこかに僕はいて、その星で笑ってる。

そう思いながら夜、空を見上げたらぜんぶの星が笑っているように見えるよ」

そして彼は、私が聞き慣れた鈴の音《ね》のような笑い声をあげた。

「今夜、一人で行かせてね。僕の星はとても遠いから体は運べないんだよ。

残していく体は貝殻と同じ。貝殻だったら、ちっとも悲しくないでしょう？」

王子は砂の上に立ち、私とつないでいた手をゆっくりと放した。

「約束の場所は、あそこだよ」

細い指先が示した先は、なんの変哲もない砂の谷だった。

砂丘が描く二本のなだらかな流線。

それらがちょうど交わった箇所の真上に、ひときわ強い光を放つ一番星が輝いている。

「さよならしたくない」

私の声に振り向くこともなく、王子は谷へ向かって歩き始めた。

と次の瞬間……

足下でなにかがピカリと光り、一本の木が倒れるように王子の体は静かにくずおれた。


語り終えたおじいさんが、気遣わしげな表情で私の顔をのぞきこんだ。私はこのお話の終わりに衝撃を受け、言葉を失っていた。渡された紙を膝の上に置き、そこに描かれている砂漠の谷で倒れる王子の姿を、ただじっと見つめて。

こんな終わり方って、あまりにもひどすぎる……。

私たちの頭の上では、梁《はり》から吊《つる》したオモチャの飛行機が、風に煽《あお》られてくるくると回っている。それはまるで、混乱しうろたえている私の心と同調しているかのようだった。

「でも、でも……」

ようやく口を開き、私は向かいに座っているおじいさんの視線を受けとめた。

「どうして王子を一人でヘビのところに行かせたの？　それに、王子は帰ったんじゃなかったの？　バラのところへ」

私が身を乗り出すと、腕に抱えているキツネの鼻が微《かす》かに鳴った。

「それは、ほら……」

両膝に肘を載せ、おじいさんはひょろりとした体を縮めるようにして私の顔を見つめた。

「王子が言っていただろう。星空を見れば笑い声が聞こえる」

「だって、だって……」

私が強く首を振ると、キツネの鼻も『チリチリ』と激しく鳴った。

「本当はどうだか分からないでしょう。風が笑い声に聞こえることだってあるし、もしかしたら耳鳴りってことも考えられるし」

「まあ……そうだが」

おじいさんは言い淀《よど》み、頭上の飛行機に目をやった。そして一つ一つ言葉を選ぶように、またゆっくりと話し始めた。

「そりゃあ、本当に帰ったと確かめられれば安心だが。わしは、信じることにしたんだよ。王子が星に帰り、そこで笑っているんだって。そして王子も、わしがその声を聞いていることを知っているってね」

私は再びお話の紙に目を落とし、口をつぐんだ。

おじいさんが言っているのはつまり、こういうことだろうか。さよならをしても、心が通じ合っていると信じればいい。実際に顔を見ることも、声を聞くこともできなくても。相手がどこでどうしているのか、そして元気なのかどうか、確かめる手段すらなくても。

私はふと、パパからの誕生日プレゼントに貼ってあったポストイットのことを思い出した。

〝愛してるよ　パパより〟

「あなたの時も、そうしろってこと？」

顔を上げ、私はおじいさんの青白い顔を見つめた。

「星空を見上げて、あなたがそこにいるって信じろって？　二度と会えなくても、心でつながってると信じろって？」

「君が心で見てくれたら、わしはいつでも側にいる。わしも心で見れば、王子とバラが一緒にいると分かるんだ」

「でも、それは絶対じゃない。確かなことだって言えない。王子がバラのところに帰ってなかったらどうする？　迷子になってたら？　一人ぼっちで大人になっていたら？」

〝私は一人ぼっちだ！〟

この時、私の心は叫んでいた。

〝きっといつかぜんぶ忘れて、一人ぼっちの大人になるんだ！〟

「ちょっと待ってくれ、おチビちゃん」

両手のひらを広げて見せ、おじいさんは言った。

「星の王子は絶対に忘れないよ。いつも空にいて、わしらを助けてくれてる。あの笑い声を聞けば、誰だって幸せな気持ちになれるんだ」

すっくと立ち上がり、私はキツネとお話の紙をおじいさんの足下に投げつけた。紙が床に散らばるカサカサという音とキツネの鼻のチリチリという音が重なり、静かな部屋に響いた。

「王子の助けなんかいらない。星の王子さまなんて大嫌い！」

瞼《まぶた》がかっと熱くなったかと思うと、目から涙がどっと溢《あふ》れ出した。私は持ってきたキャリーケースのハンドルを握りしめ、大声で叫んだ。

「星の王子さまのせいで夏休みがだいなし！　こんなくだらない話、聞かなきゃよかった！」

第十六章　ひとりで行かないで

夏休み最後の日、早朝からしとしとと降り始めた冷たい雨は、午後になり大雨に変わった。ママの車の後部座席に座り、私はぼんやりと無数の雨粒が伝う窓ガラスを見つめていた。雨にかすむ歩道を黙々と歩く人たちの顔は、傘に隠れて見えない。みんなどこへ向かって歩いているのか、足取りは一様に重いように見えた。

明日から私は新しい制服を着て、新しい学校に通う。なのに、頭の中はまだごちゃごちゃで、自分が〈ワース学園〉にふさわしい生徒かどうか、ぜんぜん自信が持てないままだった。もうとっくに決心はついているはずなのに、小さな不安がたくさん寄り集まり、胸のなかで渦を巻いている。よく大人は〝心の整理がつかない〟と言うけれど、それはたぶんこんな気持ちのことなんだろう。

『今日の重要問題の時間です』

カーラジオから、ラジオ・パーソナリティの声が聞こえてくる。

『予期せぬ大雨で、32人が仕事に遅刻。街の生産性が0・4パーセント、ダウンしました。株式市場の動きは分散投資の傾向が続き、生産力の上昇が議論の争点となるでしょう。証券取引所やトップレベルの経営フォーラムでは、増大する最終収益の具体的な事実と数字の話でもちきりに……』

家が近くなり、チカチカというウィンカーの音がし始めた時、ママがささやくような小さな声で言った。

「あら、まあ。なにかしら……」

顔を上げると、雨に濡《ぬ》れたフロントガラスの向こうに、赤いライトが点滅しているのが見えた。運転席の背もたれに手をかけて、曇りガラスの向こうに目を凝らす。傘をさした近所の人々。その人垣の間に一瞬だけ、運ばれていくストレッチャーが垣間見えた。場所はちょうどおじいさんの家の前。路肩に停まっているのは……。

「救急車だ」

そうつぶやいた私は、後先も考えず外へと飛び出した。

「ちょっと、待って！」

ママの声にも振り返らず、私は人垣をかき分けライトに向かって急いだ。降りつける冷たい雨が髪からしたたり、ブラウスを濡らした。水温の低い屋外プールに飛びこんだみたいに、鼓動が高鳴り息が荒くなる。

最後の人垣をかき分けた時、救急車にストレッチャーを収容した救命士がドアを閉めた。

『バタン』という音とともに、傘をさした人垣はばらけ、人々は家路を戻り始めた。

「そんな……」

歩道に立ちつくす私の後ろから、またママの声が聞こえてくる。

「なにしてるの、戻りなさい！」

振り返ると、不安そうに眉根を寄せるママの顔が見えた。紫色の車の窓から半身を乗り出し、濡れた前髪が額に張りついている。

突然響き始めたサイレンの音にびくりとして、私は再び向き直った。救急車の両開きのドアがしだいに遠ざかり、雨のスクリーンの向こうへ消えていく。

私はとっさに、近所の男の子が乗っている自転車に目をとめた。

「ごめん、貸して！」

救急病院は、ここからあまり遠くない。私は男の子から奪った自転車を夢中でこぎ、車道へと出ていった。

『ププ――ッ！』

クラクションが響き渡るのと同時に、交差点を徐行してきた車が急ブレーキをかけた。

ハンドルを切った私の髪からカチューシャが落ち、道路を転がっていく。

お気に入りの白いカチューシャをその場に残し、私は再びペダルに足をかけた。救急車のサイレンはこうしている間も、どんどん遠ざかっていく。頭を左右に激しく振り、顔にかかる髪をはねのけて、私は懸命に自転車をこぎ続けた。

救急車のライトは、かろうじて前方に見えている。気がつくとすぐ後ろには紫の車がつき、排気音やタイヤが雨をはね飛ばす音に交じってママの声が聞こえてきた。

「やめなさい！　止まって！」

突然サイレンの音が聞こえなくなり、救急車が車道から外れて病院の敷地内へ入っていくのが見えた。私は病院正面の外来用車寄せに入り、自転車を横倒しにして乗り捨てた。

ゆっくりと開く自動ドアをもどかしく感じながら院内に飛びこんだ時、救急出入り口から運びこまれたストレッチャーが見えた。救命士2人と看護師一人に付き添われ、おじいさんを乗せたストレッチャーは奥の救急治療室へと向かっていった。

「待って！」

急いで駆け出すも、磨かれたリノリウムの床の上で、濡れたスニーカーを履いた足が滑る。私は何度か転びそうになりながら、必死でストレッチャーを追った。

「行かないで、お願い！」

ストレッチャーに追いついた私は、おじいさんの青白い顔を見上げた。声を聞き、うっすらと開けられた目は一瞬だけ確かに私のほうを見た。

「いてくれなきゃいやだ！」

追いすがる私の腕を、看護師の手が優しくつかんだ。

「駄目よ。ここから先は入れないわ」

「いやよ、中に入れて！　お願い！」

救命士が大きな扉を押し開け、ストレッチャーは吸いこまれるように奥へと入っていった。

「行かないで！」

扉は、私の目の前で音もなく閉まった。心臓が早鐘のように打ち、荒い息で喉は焼けるように痛んだ。おじいさんは一人で行ってしまった。私を置いて。雨で濡れて冷たくなった頬を、温かい涙がつたい落ちていった。


ママの車の後部座席に身を沈め、私は声も出さずに涙を流した。雨はまだ降り続いていて、早い夕闇が街を包みこんでいる。カーラジオの音も、行き交う車の音も、雨の音も、何一つ私の耳には届かなかった。濡れたブラウスにママのカーディガンをはおった体は、ずっと小刻みに震えていた。

ふと目を窓の外へ向けると、雨に淀《よど》んだ薄暗がりの中に〈ワース学園〉の白亜の校舎が浮かんで見えた。青銅の門に、立派なファサード。しかし、それは博物館に展示されている古い写真みたいに、現実味のない風景に見えた。

「忘れないで」

ママが私にそっと声をかけた。

「明日は大事な日よ」

そう、忘れてはいない。〝私は明日からあの学校へ通う〟——何度自分に言い聞かせてみても、言葉は他人事のように胸を通り抜け、どこかへ消えていった。

私は部屋へ戻ると、天井を見上げた。蛍光ペイントを塗った紙の星は、すべて掃除機で取り払ってしまっていた。星がなくなった天井を見上げていると、ストレッチャーに乗せられたおじいさんの姿が目に浮かぶ。

〝こんなくだらない話、聞かなきゃよかった〟

ひどいことを言ってしまった自分が許せない。それに、もう二度とあの雑然とした居心地のいい部屋で、おじいさんの話を聞けないかもしれない。そう思うと悲しくて、胸が潰れてしまいそうだった。

夜になっていつの間にか雨はやみ、外からの雨音は聞こえなくなっていた。ブラインドを開けた窓の外には、バルコニーの影が見えている。おじいさんが裏庭の飛行機に乗ることは、もう不可能なのだろうか。

私はスノードームの棚へ歩み寄り、中央のドームを脇のほうへ押した。後ろには王子の人形が立っていて、つぶらな瞳で私を見つめている。

おじいさんは言った。王子はいつも空にいて、助けてくれているんだと。目に見えなくても、確かめられなくても。

「お願い、あなたの飛行士さんを助けて。〝がんばって〟って、励ましてあげて」

王子の瞳を見つめ、私はつぶやいた。

「私があなたを見つけるから」

第十七章　旅立ちの時

夜中、私はベッドから出て、そっと窓を開けた。外壁の雨樋《あまどい》を伝って下りれば、まだ修理されていない塀の穴がすぐ目の前だ。窓を開けると、湿った暖かい風が一気に部屋の中へと吹きこんだ。濡《ぬ》れている窓の桟に注意深く足をかけ、私はドアを振り返った。

ママは少し前に部屋の前にやって来た。足音でそれが分かった私は、とっさに卓上ライトを消した。閉まっているドアの隙間から光が漏れていないことに気づけば、ママはきっとそのまま立ち去るだろう。とにかく明日は、私の大切な日なのだから。私にとって大切なこと、それはママにとっても大切なはずなのだ。私が眠っていると察したママは、やはりノックもせずに自分の部屋へと戻っていった。

窓の桟に両足を載せて下を見ると、うちの通路とおじいさんの家を隔てている塀が見えた。穴のある場所はトピアリーが目印だ。屋根から地面の排水溝へ通じている筒状の雨樋は窓の右横にあって、かなりの長さがある。私は窓の端にできるだけ体を寄せ、雨樋までの距離を確かめた。

外灯の光を受けて鈍く光る雨樋は、ちょうど私の手が届く場所にある。後ろ向きに窓の桟に立ち、私は左腕を伸ばした。直径12センチほどの金属の筒を左手で握りしめ、今度は左足を壁の留め具にかけてみる。

〝大丈夫、きっとできる〟

自分に言い聞かせて、次は右腕を雨樋に伸ばした。

『ギギィー』という音とともに、左足をかけている留め具から微《かす》かな振動が伝わってきた。それでも両手で雨樋をつかむことができた私は、ほっと息を吐いた。あとは右足を引き寄せれば、なんとか雨樋を伝い下りることができる。

しかしその時、足下からさっきより大きな音が鳴り響いた。

『ギギギィ――』

留め具を壁に固定している4つの釘のうち二つが外れ、雨樋は外側に向かって大きく傾《かし》いだ。

「うわっー！」

両足が宙にぶらりとぶら下がり、私は雨樋に必死でしがみついた。と同時に、残り二つの釘が外れ、体がふわりと空中に浮いた。

「あ――――っ！」
『ギィ――――ッ』
視界に入った風景が逆さになり、私は雨樋につかまったままゆっくりと落下した。おじいさんの家の茂みが目前に迫ってきたかと思うと、視界がぱっと暗転する。私はこの時、気を失ってしまった。あの悪夢のような面接試験に次いで、これが人生二度目の失神だった。

気がつくと私は既に、おじいさんの飛行機の操縦席に座っていた。修理は完全に終わっていて、助手席にはキツネとお話の紙、コックピットには以前貼ったおじいさんとのツーショット写真があった。尾翼のほうを振り返ると、飛行機は弓矢にそっくりな発射台に載せられているのが分かった。

準備万端整っている飛行機を見て、私は武者震いのように体がぶるっと震えるのを感じた。隣のキツネが首を傾げ、心配そうにこちらを見つめている。蛍光ペイントを塗った目や鼻の周りがきらりと光り、暗がりでも表情が分かる。

「飛行機の操縦ってできる？」

念のため訊《き》いてみると、キツネは首を振り鼻の鈴がチリチリと鳴った。

「だよね、そうだと思った。えっと、それじゃあ……」

おじいさんに教わった操縦法を思い出していると、キツネが私の足下にあった飛行帽を引き上げてくれた。

「あ、ありがとう。これを被《かぶ》れば、できそうな気がする」

帽子を頭に被り、キツネをお話の紙の上に置く。

「これ、押さえててね」

私の言葉に、キツネはさっと背筋を伸ばし、敬礼をした。空の旅に同行してくれる助手がいて、こんなに心強いことはない。キツネににっこりと笑いかけ、私も背筋を伸ばした。

「さてと……」

まずイグニッションに差しこんであるキーを回してみる。

『ブルンブルン　ブルルルル』

エンジンが動くとともに、排気口からの風圧で、正面に立ててあるテニスラケットがぱたりと倒れた。

「え？」

私はキツネと一緒に、倒れたテニスラケットがウインチのハンドルに当たり、それがヒモを巻き取っていく様子を見守った。どうやら、離陸《ティクオフ》の仕掛けが動き始めたようだ。

突然、大音量で音楽が鳴り響き、ヒモに引き寄せられた蓄音機が裏庭の茂みから現れた。ラジオフライヤーの上の蓄音機は陽気な音楽を奏でつつ、ぐるぐると回るターンテーブルでなにやら細い糸を巻き取っていく。

どんな仕掛け《ギミック》が作動しているのか、私は興味津々で飛行機から身を乗り出した。ターンテーブルが回るにつれ、レコードは同じフレーズを繰り返し奏で始めた。よく見ると、巻き取られぴんと張った細い糸の一箇所を、レコード針が何度も擦《こす》っている。また、蓄音機の脇に仕掛けられたナイフの刃の下に一筋の凧糸《たこいと》がのぞき、一方、ナイフの柄はターンテーブルの細い糸につながっている。

『プチッ』

弾《はじ》けるような音がして音楽が止《や》み、予想どおりレコード針で擦れた細い糸が切れた。次の瞬間、ナイフの刃が振り下ろされ、凧糸が切断された。

「ああっ、そういうことか！」

ヒュルヒュルと音を立てて家のほうへ引き寄せられる凧糸を見て、私は以前バルコニーへ上る時に使ったタイヤのゴンドラを見上げた。たくさんの滑車につながっている凧糸が切れたことで、重りを載せたタイヤのゴンドラは勢いよくバルコニーから地面に向かって落下した。

タイヤの重さで、発射台の弓がきりきりとしなった。と同時に、巨大ゴムの弦が張力を蓄えていく。

私はいよいよ飛行帽のゴーグルを下げた。

「出発よ」

シートベルトを締め、キツネに声をかけた。

「私につかまって！」

キツネが腕にしがみつき、弦が最大限に引き絞られた瞬間、発射台から解き放たれた飛行機は砂利道の滑走路を谷へ向かって猛スピードで進み始めた。

プロペラが回り、握っている操縦桿《そうじゅうかん》が激しく振動する。私は機体がふわりと浮き上がるのを体で感じ、思わず声をあげた。

「やったーっ！」

おじいさんの飛行機は、電線すれすれの超低空飛行で街の上を飛んだ。私は操縦桿を握る手に力をこめ、街路樹やパラボラアンテナを必死でかわした。

〝操縦桿を前に倒せば下降、手前に引けば上昇、左右に傾ければ旋回〟

頭の中で何度も繰り返すうち、緊張で固まっていた手がスムーズに動き始めた。

「コツが分かってきたみたい」

〈ワース学園〉の屋根の上を通過し、飛行機は更に上空へと上っていった。吹き飛ばされそうになるお話の紙をキツネがジャンプしてつかみ、そのキツネの尻尾を私がつかむ。

「つかまえた！」

抜群のチームワークで、私たちは眩《まばゆ》いばかりの星空を飛び続けた。ところが、上昇すればするほど星はどんどん減り、とうとう空は真っ暗になってしまった。

すっかり星が消えてしまった空を見回し、私はキツネに言った。

「なんだかへんね」

目を凝らすと暗闇に一つだけ、灰色の光を放つ球体が見えている。

「星かな？」

近づいていくと、その表面はトゲのような突起物で覆われていた。

「こんな場所、お話に出てこなかった」

奇妙な形をしたその球体は、隙間もないほどに高層ビルが建ち並んでいる星だった。ビルの間を通る道路は升目を描いていて、上から見るとまるで電子回路のようだ。無数の車が行き交い、通行人たちはみんなうつむきがちに道路脇の狭い歩道を行き来していた。

望遠鏡でビルの窓を見てみると、オフィスにずらりと並んだデスクで会社員たちが仕事をしている。一様に背を丸め、タイプライターや計算機に向かう顔は灰色だ。

私は飛行機を着陸させる場所を探して、ビルの間を右に左にゆっくり旋回した。

やがて前方に、排気口から白い煙を吹き上げているビルが現れた。一際高くそびえるビルの屋上には鉄塔もあって、側には黄色いスカーフを首に巻いた人影が見える。

「あれって、王子じゃない？」

一瞬だったが、王子らしき人影は長い棒のようなものを排気口に突っこんで作業をしているように見えた。でも、もしあれが王子だとしたら、こんなところでなにをしているのだろう。〈小惑星Ｂの６１２〉には戻れなかったということだろうか。

「確かめてみましょう。シートベルトをしっかり締めて」

私の言葉に、キツネはお話の紙の上に座り、シートベルトを締め直した。どうやらこの星で、大きく開《ひら》けた場所は見つかりそうにない。

「仕方ない、道路に着陸しよう」

操縦桿を前に倒し、私は慎重に飛行機を下降させていった。ビルの谷間に現れたプロペラ機に驚く通行人たち。そんな人々を尻目に、道幅の広い道路の交差点めざして着陸態勢に入った。

着陸をするのはもちろん初めてのことだが、成功させる自信はあった。

「行くわよ」

通行人と目が合うほど下降した瞬間、『ドン』という音とともに機体が大きく揺れた。徐々に速度が落ち、やがて驚くほど滑らかに交差点の少し手前で停止した。

「大成功！」

と思いきや、機体は急に前方に傾き『ギギギィ――』という音とともに、再び前へと進み始めた。

そして更に、3メートルほど進むとストンと落下し、交差点のど真ん中で止まった。

いったいなにが起こったのかと不思議に思って振り返ると、後ろにはバスが停まっていた。目を丸くした運転手が、目の前に忽然《こつぜん》と現れた飛行機を見つめている。

最初に着陸したと思っていた場所は、なんとバスの上だったのだ。

第十八章　色彩のない星

「初めてにしては上出来かも」

キツネと顔を見合わせ、新米飛行士の私は自分に合格点をあげた。

それにしても、この星は変わってる。呆気《あっけ》にとられている通行人たちを見回し、私は操縦席から出て翼の上に立った。

星のない夜空、建ち並ぶ高層ビル、表情のない大人たち。こんなに大勢の人たちがひしめき合って、繁栄しているように見える街なのに、すべてが機械的で活気がない。なんというか……そう、色彩がないのだ。

大きなサイレンの音が聞こえてきて、1ブロック先の角からパトカーが蛇行しながら現れた。なにをそんなに慌てているのか、外灯に何度かバンパーをぶち当てながら止まり、中から太鼓腹の警官が一人出てきた。

赤ら顔の頬はリンゴのようにつるつるで、小さな目は黒目がちだ。

「その車から降りなさい！」

なぜか見覚えのある警官の顔を見て、私は足下にいるキツネと一緒に首を傾《かし》げた。

「その車から降りろと言っているんだ！」

〝車〟とはこの飛行機のことを言っているのだろうか。私はそろそろと両手を上げた。

「すみません、おまわりさん。ちょっと説明をさせて……」

「両手を上げろ！」

既に上げている手を更に高く上げる私の横で、キツネも前脚を上げた。

太鼓腹の警官は、つかつかと翼に歩み寄り、私たちを見上げた。不自然に筒の高い警察帽には、金糸で警察バッジが刺繍《ししゅう》されている。

「危険なスピード、危険な車線変更」

神経質そうな甲高い声で、彼は罪状を述べた。

「なにもかも危険だ。大量の信号無視、公共物の破壊」

「実は私、友達を捜していて……」

「ウィンカーの出し忘れ」

「ううん、友達の友達かな、だって会ったことがないから。その人を見つけて、連れて行きたいだけなんです」

腰に手をあてた警官が、しげしげと私の顔をのぞきこんだ。

「ほほう、誘拐未遂か。それは報告書に書いておかねば。ゆ・う・か・い・み・す・い」

大仰なしぐさでメモを取る警官を見て、ついに私の記憶の回路がつながった。

〝そうだ、彼はお話の紙に描かれていた、あのうぬぼれ男だ！〟

だから顔に見覚えがあったのか。

私は試しに、小さく手を叩《たた》いてみた。

「あなた、うぬぼれ男さんでしょ？」

「警官である私に、聞き捨てならない悪口。侮辱罪だ、逮捕する」

言葉とは裏腹に、彼は警察帽を取ってお辞儀をした。拍手をされると、反射的にお辞儀をせずにはいられないらしい。周りで事の成り行きを見守っている人々にも、気取った表情で笑顔を振りまいている。

〝正解！〟リズミカルに、明瞭な音で、私は拍手を続けた。

「だけど、なんで自分の星にいないの？」

尋ねる私に、彼は怪訝《けげん》そうなまなざしを向けた。

「なんだ、おまえ。なぜ、そんなに小さい？」

質問に質問を返し、彼はズボンのポケットから取り出した手錠を私の手首にかけた。しかし、それは小さな私の手からするりと抜け、道路に落ちてしまった。

私は苦笑いを浮かべ、警官の眼差《まなざ》しを受けとめた。

「なぜって、子供だから」

周囲からいっせいにどよめきが起こり、警官は小さな目を吊《つ》り上げた。

「許せん！　ここは大人による大人の星だ」

なるほど、この星は〝大人の星〟だったのか。そういえば、あたりを見回してみても子供の姿はどこにも見えない。ようやく状況が飲みこめた私は、とりあえず一刻も早くこの場から立ち去ることにした。

「行こう、キツネ君」

私はキツネと一緒に飛行機の翼から飛び降り、人垣に向かって駆け出した。ところが、警官は素早く私の手首をつかみ、自分の目の高さまで持ち上げた。

わき上がる称賛の拍手、葛藤する警官。額にうっすらと汗をにじませて、彼は自分自身の衝動と戦った。

「あー、うーーん、うーーん」

我慢できなくなった警官は、とうとう私から手を放し、お辞儀をし始めた。

「ありがとう。そうそう、続けて、続けて」

帽子を取り、深々とお辞儀をする警官から逃れ、私はまんまと大人たちの脚の間をすり抜けた。

大通りの正面には、王子らしき人影が見えたビルがそびえている。とにかくあのビルの屋上にたどり着かなくては。私たちは懸命に走り、ビルの谷間に身を隠した。

〈BMコーポレーション〉

私たちが屋上を目指すビルには、こんな巨大な看板が掲げられていた。ここは大人の星なのだから、子供である私はできる限りの変装をしなければならない。まず首に巻いていた白いスカーフを折り、三角巾のようにして頭に巻いた。しかし、ビルのミラーガラスに映る私の姿は、どう見てもママの真似をしている小学生だ。

「そうだ、キツネ君。協力してもらうわね」

首にキツネを巻きつけ、飛行帽を逆さにしてハンドバッグのように持ってみる。これなら毛皮のマフラーをした、小柄な女性に見えなくもないだろう。

私は少し背伸びしながら歩き、正面入り口からビルの中へと入っていった。

天井の高い大理石のエントランスには会社のポスターが貼られ、〝大切な人になろう〟という社訓が書かれている。私はすぐに〈ワース学園〉のポスターを思い起こし、胸がチクリと痛むのを感じた。

奥のエレベーターホールへ進んでいくと、一基の大型エレベーターがあった。人々は曇り一つなく磨き上げられた床を、足早に行き交っている。ホールには靴音だけが響き、話し声どころか咳《せき》一つ聞こえてこない。

エレベーターを待っていた大勢の会社員たちに交じって、私は小走りにエレベーターに乗りこんだ。

「ああ、家来であるな、近《ちこ》う寄れ」

エレベーターボーイの言葉が聞こえたとたん、私ははっと息をのんだ。あの台詞は、ひょっとして……王様？

制服を着た大きな背中に向かって、みんなが順々に希望階を告げていった。

「67階」

「よし」

「22階」

「よかろう」

エレベーターボーイをよく見ようと爪先立つが、次々と乗りこむ人々の体に遮られ、声しか聞こえてこない。

「14階」

「認めよう」

「142階」

「もちろん」

「34階」

「喜んで」

ドアが閉まり、エレベーターはゆっくりと上昇し始めた。私は、かろうじて上部だけがのぞいている階数ボタンパネルのほうを向き、大人の声を真似た。

「最上階をお願い」

むせるほど低い声を絞り出してみたのだが、返事は聞こえてこない。軽く咳払いをして、私はもう一度チャレンジした。

「最上階を、状況が整った時に、お願いします」

そして、忘れずに一言つけ加えた。

「国王陛下」

少し間が開いて、重々しい声が聞こえてきた。

「ふーむ、そうじゃな。状況は、まさに整っておる」

王様の黄金の杖《つえ》の先が、最上階のボタンをぽんと押すのが垣間見えた。王様は振り返り、威厳たっぷりの表情で、小さな私を見下ろした。

「願いをかなえた」

最上階のボタンに黄色いライトが灯《とも》るのを見て、私はほっと胸をなで下ろした。それにしても、なぜ王様がこんなところにいて、エレベーターボーイなんかしているんだろう。

この星には、やはりなにか秘密がありそうだ。

〝大人の星か……〟——私は、マフラーに化けてじっとしているキツネの背中を、そっとなでた。

第十九章　ミスター・プリンスに出会う

最上階に着いた私は、キツネと一緒に鉄塔の側の排気口へと向かった。空には星一つないが、ビル群の明かりに照らされ、屋上は昼間のように明るかった。煙突のような形をしたたくさんの排気口の間を通り抜け、さっき飛行機から見えた場所へとたどり着いた。

「あっ、いた！」

白い煙の中に黄色いスカーフをつけた人影が見える。手に持っている長い物は剣だろうか。

「きっと王子よ！」

駆け寄って、コンクリートの足場に上っている人影を見上げた。黄色いスカーフが風に煽《あお》られ、ひらひらとはためいている。そこらじゅうから聞こえてくる排気の音に負けないよう、大きな声で呼んでみた。

「星の王子!!」

「え……な、なに？　うわ――っ！」

私を見て驚いた彼は、柄が異様に長いコップ洗いのようなブラシと一緒に、2メートルの高さの足場から下へ落ちた。同時に掃除用具入れのカートが倒れ、屋上に『ガラガラ』という音が響き渡った。

散らばったブラシを必死でかき集める姿は、まぎれもなく大人だ。緑色の服は作業着で、スカーフに見えていたのは黄色いネクタイだった。

王子だと思っていた人がビルの管理人だということを知り、みるみる私の心は沈んでいった。

「ごめんなさい。大丈夫？」

尋ねると、彼はすねを手でさすり、私から目をそらした。何かに怯《おび》えるように、びくびくしているのが、手に取るように分かる。

「ああ、もちろん。なんともないよ」

丸めた背中を私に向け、彼はカートを押し始めた。

「べつに、さぼってるわけじゃないからね」

理由は分からないが、私は管理人をひどく怯えさせてしまったようだ。とにかく、驚かせたことを詫《わ》びようと、彼のあとを追った。

「あの、ほかの人と間違えちゃって、ごめんなさい」

「ああ、そう。間違えでよかった」

そわそわと落ち着かない様子で、彼はまた別の足場に上り始めた。

「言いつけないでよ。ほら、僕はちゃんと働いてるからね。あー忙しい、忙しい」

私はがっくりと肩を落とし、キツネに言った。

「絶対、王子じゃないね、あの人。だって、もう大人だもの」

私が思い描く王子はまだ子供で、きれいな瞳をキラキラさせて、かわいらしい笑い声をあげている。考えてみれば、大人の星に星の王子がいるわけがない……というより、いてほしくない。

ため息を吐いた私を、キツネが鼻の鈴を鳴らしながら見上げた。カードのようなものを持った手を一生懸命差し出している。

「なに?」

受け取ったカードはＩＤだった。それには、管理人の写真がついていて、名前は〝ミスター・プリンス〟とある。

「あの人〝プリンス〟っていう名前なのね」

もしかしたら……。

「あのー、すみません。プリンスさん？」

再び声をかけられた管理人が振り返ろうとした瞬間、持っていたブラシが換気口に吸いこまれ、みごとに粉砕されてしまった。どうやら、かなりの慌て者らしい。

「あ――っ」

柄だけになったブラシを握りしめ、彼はうつむいた。

「まったくもう……」

「これ落としましたよ」

さっとＩＤカードを差し出すと、彼はそれを受け取り泣きそうな声を出した。

「ああ、僕のＩＤ。なくしたら大変だ」

彼は手にしたＩＤカードを胸ポケットにつけようと、今度はクリップと格闘し始めた。

「えっと、どうやるんだっけ。ここをつまんで、こうしてと……」

大きな手で小さなクリップをもたもたといじり、彼はつぶやいた。

「なんたる悲劇」

〝やっぱり王子だ！〟――そう思ったとたん、喜びと失望が同時に胸の中に湧き起こった。星の王子が大人になっていたなんて、しかもこんな……こんな情けない大人に……。

「いったい、どうしちゃったの、王子!?」

私も鼻声になり、彼に尋ねた。

「ここでなにしてるの？」

おじいさんがこのことを知ったら、どんなにがっかりすることだろう。彼に元気になってもらうために、ここまでやって来たのに、これではまるで話にならない。

「なにしてるって、働いてるのさ。社会の大切な一員として」

ようやく胸ポケットにつけたＩＤカードは、大きく斜めに傾いている。王子は、ぶつぶつと独りごちながら、カートを押して移動した。

『ピピッピピッ』と鳴り始めた腕時計のアラームを止め、顔色を変える。

「時間のロスだ。道具も壊しちゃって、どうしよう。ああ、どうしよう」

「待って、あなた、本当は星の王子《プリンス》なのよ！」

私の言葉に振り向きもせず、彼は反対側の端まで歩いていき、また排気口にブラシを突っこんだ。

「そうだよ、僕の名前はプリンスだ」

「バオバブが怖いの。そうでしょ？」

「バオバブってなんだよ。僕はこのビルの管理人で、ビジネスマンが怖い」

王子の側に駆け寄り、私は矢継ぎ早に問いかけた。

「砂漠で飛行士さんに会ってヒツジの絵を描かせたの、覚えてるでしょう？　渡り鳥と一緒に旅をしたことは？」

「おしゃべり禁止！　あっちに行ってくれよ。悪いけど、忙しいんだ」

「キツネを懐《なつ》かせたことは覚えてる？　ほら、こういうキツネ」

差し出したキツネは、王子に向かって両手を広げ、精一杯のアピールをした。

「ペットは飼ったことない」

そっけない彼の言葉に、キツネはがくりとうなだれた。

「ペットじゃない、あなたの友達よ」

「友達と遊ぶヒマなんかないよ」

そう言った瞬間、彼の手から柄がするりと抜け、ブラシは排気口へと落ちていった。

「最後のブラシが――っ！」

ビル群にこだました彼の声が、幾重にも連なって私の耳に届いた。

「まだ一本あるけど」

カートに残った一本を渡し、私は王子をまじまじと見つめた。相手はまるで体だけ大きくなってしまった子供だ。子供なのに、大人と同じことをしようとするから、こんなに失敗ばかりしているのだ。

「仕事に戻らなきゃ。生産性が落ちてしまう」

なおも別の排気口へ行こうとする王子に向かって、私は大きな声で言った。

「あなたにはバラがいたわ！」

立ち止まった王子が一瞬だけ私に視線を向けた。私はこの時初めて、彼の瞳に微《かす》かな光が宿ったような気がした。

「あー、うるさいなぁ」

王子は再び背を向けて、歩き始めた。しかし、ここで引き下がってはいられない。私は彼を追いかけ、食い下がった。

「バラを覚えてるでしょう？　まるで奇跡みたいにステキなバラ。この世にたった一つの」

向き直った王子は、肩をいからせてブラシを握りしめた。

「もうそういうくだらない話はやめてくれる？　仕事中なんだ」

「ウソでしょ。まさか、なにもかも忘れたの？」

にじり寄る私に、王子はいかにも迷惑そうな眼差《まなざ》しを向けた。突然現れた邪魔者をどうすれば追い払うことができるのか、考えあぐねているのだ。

私は彼が握りしめている最後のブラシに手をかけた。

「あなたも普通の大人になっちゃったの？」

一方、王子はブラシを取り上げられまいと身構えた。

「手を離せ」

「いやよ」

「返せ！」

「いや！」

押したり引いたり、私たちは押し問答をするようにブラシを取り合った。その時、キツネが柄に飛び乗り、驚いた王子が手を離した。

「うわっ！」

王子の手を離れたブラシは、屋上の突端へ向かってころころと転がり始めた。そして……

「大変だ！　ああ……」

追いかける王子の足に蹴られ、ブラシは真っ逆さまにビルの下へと落下していく。本当に、どこまでも不器用な人だ。私はだんだん、彼のことが気の毒になってきた。

「なんてことするんだよ」

突端から下を見下ろし、王子は泣きべそをかいた。だらりと下げた手から作業用手袋が落ち、ウエストの緩いズボンが腰からずり落ちそうになる。

「なんでこんなことに……」

両手でズボンを上げ、彼は何度も大きく首を振った。

「いや、泣くようなことじゃない。僕は大人なんだから泣かないぞ」

唇を嚙《か》んで涙を堪《こら》えるものの、両方の鼻の穴から鼻水が流れ出す。

「ブラシが落ちたくらいで、泣いたりするもんか」

私はため息を吐き、ポケットから出したハンカチを彼の鼻に当ててやった。すると彼は、両手をだらりと下げたまま『チーーン』と鼻をかんだ。

次の瞬間、王子は堰《せき》を切ったように泣き始めた。人前でこんな泣き方をする大人を見るのは、これが初めてだ。まるでショッピングモールで迷子になった幼児みたいに、顎をしゃくり上げて泣いている。

ところが、はっと気づいたように私を見たかと思うと、彼はぴたりと泣きやんだ。

「あれ？　なんでそんなに背が低いの？　お年寄りだから？」

あり得ない。なぜなら私は９歳になったばかりだし、屋上に着いた時に大人の変装も解いているんだから。王子は子供の時の記憶をなくしているだけではない。そもそも、この星で子供を見たことがないのだ。

「違うわ、子供だから小さいの。あなたも本当は子供なのよ」

「うーん」

しげしげと私を見つめて、彼は首を傾げた。もう少し目を凝らせば、頭の上に浮かぶクエスチョンマークが見えそうなくらい不思議そうな顔をしている。

「子供って、本当に……本当に奇妙だ」

奇妙なのがこの星だということも、もちろん分かっていない。彼がこんなふうになってしまった理由を、なんとしても突き止めなければ。

「君を助けてくれる人がいるよ」

願ってもない王子の言葉に、私は一筋の光が見えたような気がした。

「そう。よかったら、ぜひその人を紹介してくれる？」

第二十章　大人製造工場

王子は私を連れて〈大人アカデミー〉という施設へやって来た。なんだか怪しげなネーミングだが、コンクリートの壁で覆われた外観も威圧的で、かなり危険な匂いがする。こんな窓のないサイロのような建物に、好んで入りたがる人はおそらくいないだろう。入り口の巨大なドアを前にして、私は王子に訊《き》いた。

「ねえ、本当に大丈夫なの？」

完全に腰が引けている私を見て、王子は心許《こころもと》なげな笑みを浮かべるばかり。こういう時はウソでもいいから、大丈夫だと言ってほしいものだ。

『ギギィ――』という音がして、ドアが開いた。中から出てきたのは、スーツ姿の大柄な男性だった。なぜか〈ワース学園〉で私に質問した、あの厳《いか》つい顔の面接官に瓜《うり》二つだ。

「先生、お久しぶりです」

おずおずと挨拶をした王子に、先生は笑いかけた。鼻の下が異様に長く唇が薄いので、笑うと岩にひびが入ったように見える。

「プリンス君か、なんと嬉《うれ》しいサプライズだ」

「実は、その……」

私を指さし、王子は続けた。

「この子を助けてほしいんです」

頭の天辺から足の爪先まで私を観察し、先生はこくりとうなずいた。

「ああ、なるほどね」

そう言って、激しく鼻を鳴らしているキツネにも目を落とした。警戒して耳を寝かせるキツネの前にしゃがみこみ、彼はにやりと笑った。

「我が校ではふだん、子犬を中には入れないんだ。しかし、君は特別に認めてあげようねえ」

続いてすっくと立ち上がり、滑らかな動きでドアを開けた。両開きのドアが開かれると、中からなにやら低い機械音が聞こえてくる。オーケストラの指揮者のように腕を動かし、彼は私たちを中へと招き入れた。

「さあさあ、どうぞ入って」

施設の中は暗く、天井が見えないほど高かった。いたるところにスクラップの山があり、側にはそれらを運ぶ巨大なクレーンがある。しかも、中央には用途不明の四角い鉄の箱が鎮座し、『ゴ――ッ』という不気味な音を発している。学校《アカデミー》とされてはいるが、これではどう見てもスクラップ置き場だ。

奥にある扉へ向かって歩きながら、王子は先生に話しかけた。

「お元気でしたか？」

王子もここの卒業生らしい。とすると、こんなに奇妙な大人になってしまったのは、ここでの教育が原因ということなのだろうか。

「ああ、君は順調かね？」

先生の問いに、王子は背筋を伸ばし、はきはきと答えた。

「はい、屋上の掃除はすごく楽しいです！」

「それはよかった」

こうして話している間にも、クレーンは自転車、ボート、ピアノなどを次々に中央の箱の中へ投げこんでいった。

『ゴ――ッ！　バリバリバリ』

なんと、この箱は巨大なゴミ粉砕処理機《ディスポーザー》で、砕いたものをすべてペーパークリップに変え、下の吹き出し口から放出させている。ぱらぱらと吹き出し口から出てくるクリップを見て、私は言葉を失った。

〝ぜんぶクリップにしちゃうわけ？〟

呆然《ぼうぜん》としている私に、先生はにこやかに言った。

「大切でないものはすべて……」

「大切なものに変える」

指導者の言葉を継いで、王子は自慢げだ。

「ここはね――」

先生が扉を開き、私の背中を押した。薄暗い部屋の中央には、学校用の机と椅子が一組だけ置かれていた。

「――ビジネスマンが作り上げてくれた実にすばらしい施設なんだよ。芸術的な仕事と呼んでもいいだろう」

たまらなくいやな予感がして後ろを振り返ると、閉まりかけている扉の向こうに、クレーンで運ばれていくおじいさんの飛行機が見えた。

「あっ、飛行機が！」

重々しい音を立てて扉は閉まり、先生に腕を引かれた私は中央の椅子に座らされた。部屋の中はひんやりとしていて、気味が悪いほど静かだった。

「残念ながら、君は間違っているようだね。ああ、とても間違っている」

自分が取り返しのつかない場所へやって来たことを悟った瞬間、机の上に載せていた手が腕輪で固定された。いったいどんな仕掛けになっているのか、自動的に現れた腕輪は私の手首を捕らえてびくともしない。

「ちょっと待って、これどういうこと？」

王子に尋ねるが、彼は教壇に上った先生の側に立ち、おどおどするばかりだ。

「助けてくれる人がいるって言ったのに」

「ああ、僕もここで助けられたんだ」

そう言って彼が指さした壁の写真には、先生と王子、そして陰気な表情をした大男が写っている。卒業証書を持ち、角帽を被《かぶ》った王子を挟んでのスリーショットだ。

私はすぐに、その大男がお話の紙に描かれていたビジネスマンであることに気づいた。

「あー、プリンス君！　君はついに成し遂げたようだね」

教壇の上をゆっくりと歩き回り、先生は言った。

「とうとう、正しいことをしたんだよ。君は……」

この時、いきなりキツネに足先を噛《か》まれ、彼は顔をしかめた。しかし言うまでもなく、ぬいぐるみに牙はない。まるで床に落ちている雑巾を拾うかのように、先生は難なくキツネをつまみ上げ、ゴミ箱へ投げ入れた。ゴミ箱は、うちのリビング・ルームにあるものとまったく同じペダル式だ。

「あ――っ、キツネ君！」

蓋が閉まったゴミ箱から、キツネを助け出してやりたいが、いまいましい腕輪のせいで身動きが取れない。助けを求めて王子を見ても、先生にほめられた彼はさも誇らしげに目を輝かせるばかりだ。

「僕が大切なことをしたって報告してくれます？」

「ああ、もちろんだとも」

キツネをつまんだ指先をハンカチで拭き、先生は教壇の机の引き出しからビニール袋を取り出した。袋は黄色と黒のテープで縁取りされた証拠品入れで、中にはお話の紙が入れられている。

「これは、飛行機の中から回収させてもらったよ」

「返して！　大事なものなの！」

必死で抗議する私に、先生は高圧的な口調で言った。

「いいや、大切なことは何一つ書かれていない。君もそろそろ、大人にならなくては」

キツネを捨てたゴミ箱に証拠品袋も投げ入れ、彼は私のほうへ歩み寄った。手には一冊の本が握られていて、黒い表紙に金色の文字で『大切な人になるための大切なガイド』と書かれている。

　机の上に置いた本を指さし、彼は黙って笑って見せた。

「こんな本、読みたくない」

　首を振る私に背を向け、彼は教壇へと戻っていった。勿体《もったい》ぶったしぐさで両手をぎゅっと組み合わせ、こう告げる。

「すばらしい本だよ。簡潔な文章で書かれていて、絵は一切ない」

「私が大人になるまで、何度も何度も読ませるつもり？」

　教壇の机に両手をつき、先生はにやりと笑った。

「いや、そんな効率の悪いことはしない。ちゃんと画期的な仕掛けを用意しているからね。ここは、君たちをあっというまに大人にするための学校なのだ」

　そう言って彼が机の隠しボタンを押すと、仕掛けが次々に作動し始めた。まず、教壇の床が舞台のように回転し、ハンドルやレバーの突き出た機械が現れた。と同時に私の机がくるりと右へ回り、謎の鉄扉のある壁側へと向きを変えた。

「心配することはない、これはプリンス君も経験済みだ」

　先生がハンドルを回すと同時に、壁と鉄扉がものすごいスピードで目の前に迫ってきた。

閉じている扉のわずかな隙間からは、微《かす》かに機械音も漏れてくる。

「そうだろう、プリンス君？」

レバーを操作する先生に声をかけられた王子は初めて仕掛けを見るかのように、目を見開き口を大きく開けている。

言葉を失う彼を見て、先生は鼻を鳴らした。

「おやおや、ぜんぶ忘れてしまったようだな」

次の瞬間、鉄扉が開き、真っ暗な空間から何本ものアームが伸びてきた。

「きゃ――っ！」

悲鳴をあげる私の手は、細くて節のある金属のアームに操られ、たくさんの書類にサインをし始めた。書類を運ぶアーム、紙をめくるアーム、顎の位置を固定するアームなど……。機械の手が、先の尖《とが》った冷たい指で私に触れた。

ここは、絶対に学校などではない。大人製造工場だ。

私は人形のように操られながら、必死に抵抗を試みた。

「ハッハハッハッ……」

慣れた手つきで休みなくレバーを動かし、先生は声をあげて笑った。

「驚いたかね？　多少つねられた感じがあると思うが、リラックスしなさい。その書類は、私とビジネスマンとこの会社に対する同意書だ」

〝同意書？〟――焦った私は、更に大きな叫び声をあげた。

「やめて！」

「もし運悪く命を落としたり、体がばらばらになったりしても、文句を言わないという同意書だよ」

「助けて、王子！」

視界の端のほうにかろうじて見えている王子は、恐れをなして少しずつ後ずさっている。と、彼の足に当たったゴミ箱が勢いよく倒れ、中からキツネとお話の紙が出てきた。飛び上がって脱出を喜ぶキツネと、床に広がるお話の紙。

王子は足下に落ちている1枚に目をとめ、それを手に取った。

「君はすばらしい大人になれる。くだらない話を忘れて、間違いさえ正せば、大切な人間に生まれ変われるんだよ！」

熱弁を振るう先生が、私から王子へと視線を移した。

「そんなものは捨てなさい！　年を考えるんだ、プリンス君。我が校の卒業生であることを忘れるな」

彼が王子に気を取られている隙に、駆け寄ってきたキツネが私の前に1本のペーパークリップを突き出して見せた。

「キツネ君、どうするつもり？」

まるで剣をかざす戦士のようにポーズを決めたあと、キツネはクリップを器用に変形させ、腕輪の鍵穴に突っこみ始めた。

『カチャ』という音とともに腕輪は見事に外れた。私は急いで椅子から逃れ、キツネの手を取った。

「さあ、急ごう！」

スクラップ置き場に通じるドアは、ちょうど反対側だ。私はキツネと一緒に、駆け足で部屋を横切り、ドアに向かって急いだ。

「席に戻れ」

逃げ出した私を捕まえようと、先生は慌ててレバーから離れた。一度この施設へ足を踏み入れた子供が、子供のまま外へ出ることは、決して許されない。彼は長い手足をもつれさせながら、私のあとを迫った。

「待ちなさい！」

しかし、ちょうど鉄扉の前に差し掛かった時、彼の体は無数のアームによって捕らえられた。

「ああ――――っ!」

叫び声に足を止めた私は、その恐ろしい光景を目の当たりにした。

必死にもがく先生を、アームはつかんで放さない。大きな体を横向きにがっちりと捕獲したまま、扉の奥の暗がりへと消えていった。叫び声は次第に遠のき、『ガッシャン』という音とともに扉は閉まった。

しんと静まりかえった部屋で、私は背筋に走る寒気を振り払い、王子を見た。彼は、がっくりとうなだれ、レバーから手を離すところだった。

「あーあ、こんなことしちゃって……ビジネスマンが、さぞかしがっかりするだろうなぁ」

ため息を吐く王子に、私は駆け寄った。

「助けてくれたのね、ありがとう。でもどうして?」

「これだよ」

王子がIDカードのケースから取り出して見せた一片の紙を見て、私はさっと目の前が明るくなるような感覚を覚えた。色の褪《あ》せた古い紙には、長方形の箱が描かれている。万年筆で描かれたその箱には、確かに3つの空気穴が開いていた。

「いつからこれを持っていたのか、なんなのかも忘れちゃったんだけど」

　王子は首をひねり、お話の紙に描かれている箱を指さした。

「あれと同じだよね。なぜか大事なもののような気がしてならないから、とっておいたんだ」

「そうよ、これはあなたのヒツジ！」

　おじいさんが若かった頃に描いた箱を見て、私は確信した。王子は、やっぱり忘れてしまったわけじゃない。忘れていないからこそ、こうやって箱の絵を捨てずにとっておいたのだ。

「僕のヒツジって、どういうこと？」

「飛行士さんにもらったの。地球の砂漠で」

　私は急いでかき集めた足下の紙の中から、バオバブの絵を抜き出した。

「ほら、これ。バオバブの芽を食べさせるためよ」

　小さな星を覆うバオバブの木を見て、王子は反射的につぶやいた。

「なんたる悲劇」

「そう！　このお話を書いた飛行士さんを、助けてあげてほしいの！」

「助ける……僕が？」

　私はお話の紙を胸に抱きしめて、王子の大きな瞳を見つめた。

「そう、あなたが！」

〝問題は大人になることじゃない。忘れることだ〟

王子が、自分の小さな星や、バラや、友達のキツネを思い出すことができれば、きっとおじいさんを助けることができる。

昔砂漠でヒツジを描いてくれた飛行士がいて、彼は大人になってもずっと王子のことを忘れず、星を見上げてきた。長い間、ずっと一人きりで。そのことを、王子に伝えられさえすれば……。

「はっ、飛行機！」

おじいさんの飛行機がスクラップ置き場に運ばれてきたことを思い出し、私はドアに向かって駆け出した。

「急がなきゃ、大事な飛行機がクリップにされちゃう！」

第二十一章　消えた星たちのゆくえ

　私たちがスクラップ置き場に戻った時、ちょうど一番大きなクレーンが、ディスポーザーにヨットを投入するところだった。飛行機は、おそらくあのヨットの次だ。未処理スクラップの天辺に置かれている赤い機体が、ライトに照らされ浮かび上がっている。

「どうしよう！」

『ガガガガガ――――ッ』といういやな音を聞きながら、私はとっさに周囲を見渡し、ボーリング・ボールに目をとめた。

　クレーンを遠隔操作している操作室は、高さ7メートルほどの鉄塔の上にある。作業員が一人やっと入れるほどの小さな操作室へ向かうには、塔の側面についている梯子を使うしかない。

　ボーリング・ボールを手にした私は、キツネと一緒にハシゴを登っていった。操作室の扉は上部についているので、ボールを落として操作パネルを破壊すれば、クレーンを止めることができるかもしれない。

重いボールを梯子に『ガンガン』とぶつけながら登りきり、跳ね上げ式の扉を開けた。中をのぞいてみると、耳栓をした作業員が、湯気が立ち上る魔法瓶を傾け、カップにコーヒーを注いでる。一方、飛行機はクレーンに運ばれ、既にディスポーザーの真上まで来ていた。

もう一刻の猶予も許されない。私が操作パネル破壊作戦を実行しようとした時、キツネがいち早くボールを投げ落とした。

運悪く、ボールは作業員の頭に当たり、操作パネルの脇へ落ちてしまった。ところが気絶した作業員がパネルに突っ伏したことでボタンが押され、クレーンはギリギリのところで停止した。

「やった、やった！」

操作室の上で、私とキツネはぴょんぴょんと飛び上がった。飛行機はかろうじて、粉砕装置のわずか数センチ手前で止まっている。なんという幸運だろう。飛行機の無事を喜び、私とキツネは手を取り合った。

しかしそれもつかの間、クレーンは再び動き始めた。気絶している作業員の手が動いて、稼働ボタンに触れてしまったらしい。

「そんなぁー」

私は操作室に飛び下り、作業員を押しのけた。そして、たくさんのボタンが並んでいる操作パネルをにらみつけた。

「どのボタンを押せばいいの？　ううーっ……」

早くも、飛行機のタイヤは粉砕装置の振動で細かく揺れ始めた。苦し紛れに、魔法瓶のコーヒーをパネルにかけてみる。

『ジジジジ、パチッ』と電気がショートするような音が聞こえるも、飛行機の揺れは増すばかりだ。

「あー、どうしよう！」

私が頭を抱えた瞬間、キツネが足下からボーリング・ボールを拾い上げ、操作パネルに投げつけた。

『バチバチバチ！』

激しい音とともにボタンのライトがすべて消え、クレーンは今度こそ完全に止まった。成功だ。私とキツネは作業員が意識を取り戻す前に、できるだけそっと操作室を出てハシゴを下った。

一本のワイヤーでぶら下がっている飛行機を見上げ、私は王子に声をかけた。

「成功よ、王子！」

ところが王子からの返事は聞こえず、あたりを見回しても姿が見あたらない。

「あれ？　どこいっちゃったの？」

首を傾《かし》げる私の手を引っ張り、キツネがスクラップの山の間を指さした。薄暗い場内で、一際明るい光を放っている場所が、この山の向こうにある。

私とキツネが明かりを頼りに駆けていくと、星が詰めこまれた巨大なガラスドームが目の前に現れた。

王子はそびえ立つそのドームの前で、ガラスの中の星々を見上げていた。

「これ覚えてる」

つぶやく王子の瞳には、囚《とら》われてもなお光を失わずに輝く星が映っていた。

「星が、なんでこんなところに？」

そういえば、飛行機でここへやって来る途中、星が忽然《こつぜん》と消えてしまった。あの消えてしまった星たちは、すべてここに入れられているのだろうか。

このドームを見ているうちに、私はふと取り払ってしまった天井の星飾りのことを思い、悲しくなった。光を失った私の部屋、星が消えた暗い空。

「星があんなにきれいなのは……」

王子が、ぽつりとささやいた。

「見えないところに花が咲いているから」

お話の紙に書かれていた言葉をそのまま口にして、王子はそっと目を閉じた。

「花って、あなたのバラのことよ」

小さな声で話しかけると、王子は目を開けて私に向き直った。

「バラ……僕のバラ」

そう言った彼の瞳に、記憶の光が宿るのを私は感じた。ビルの屋上で怯《おび》えながら働いていた王子とは、もう違う人のように見えた。彼は、ようやく本当の自分を取り戻したのだ。

〝バラの姿が、眠っている間もランプの灯のように王子の心を照らしているから〟

私はお話の一節を心の中で繰り返した。

「そう、あなたにはバラがいるのよ」

私たちはドームの星明かりに照らされながら、小さな星に咲く一輪のバラに思いを馳《は》せた。

「私のコレクションを見つけたようだな！」

突然、聞こえてきた太い声に、私は後ろを振り返った。

「五億とんで百六十二万、二千七百三十一個の星を」

ビジネスマンが、６人の部下とうぬぼれ男の警官を引き連れ、スクラップの山の間から現れた。灰色のスーツを着た体は丸太のように大きく、飛び出た眉骨の下の目は冷たく光っている。

体を揺さぶりながら側までやって来ると、彼は私を忌まわしいものでも見るような眼差《まなざ》しで見下ろした。

「これ、あなたがやったの？　あなたの仕事は星を数えることでしょう？」

私の言葉に、ビジネスマンは大きく首を振った。

「所有！　所有だよ！　星は私の持ち物だ」

部下たちがいっせいに手を叩《たた》き、拍手の音が場内にこだました。すると案の定、警官が頬を紅潮させながら警察帽を取った。

「どうも、どうも。はいはい、ありがとう」

ひたすらうぬぼれる警官を無視して、ビジネスマンは続けた。

「かつて星は、ただ空で光っているだけで、なまけものが夢見るためだけに存在した。だが今や星も、ついに大切な存在となったのだ」

不敵な笑みを浮かべたビジネスマンは、スクラップの山から望遠鏡を抜き出した。それはまさしく、おじいさんが愛用していた古い望遠鏡だった。

「ちょっと、それがどうしてここにあるの？」

尋ねる私の目の前に望遠鏡をかざし、彼はそれをディスポーザーに投げ入れた。おじいさんの望遠鏡が、四角い鉄の箱に吸いこまれていくのを見て私は叫んだ。

「やめて！」

しかし望遠鏡は、たったひとつかみのペーパークリップになって、ぱらぱらと吹き出し口から放出された。

「ひどい、大切な物だったのに！　それに、このドームの中の星たちをどうするつもりなの？」

「なるほど、かなりの知りたがり屋のようだな。まるで子供みたいだ」

鳴りやまない拍手を受け、警官はずっとお辞儀を続けている。ついにいらだちを爆発させ、ビジネスマンは彼を怒鳴りつけた。

「もういい、いいかげんにしろ！」

だが、一旦お辞儀を始めた警官は、なかなか止《や》めることができない。

「みなさん、ありがとう。どうも、どうも」

「やめろ!!」

とどろくような怒声が響き、警官はようやくお辞儀を止めた。すごすごと後ろに引き下がる彼から顔をそむけて、ビジネスマンは言った。

「心配しなくていいよ、お嬢ちゃん。星はちゃんと役に立っているから。これを見るがいい」

微《かす》かに顎を動かす合図を見て、部下の一人が操作台のレバーを引いた。レバーが90度後ろへ倒され、ドームの中の星々はより強い光を放ちながら流動した。そして、まるでガムボール・マシーンの中のガムのように、選ばれた星が一つ落ち、ドームの底の機械へ吸いこまれていった。

「なにをするの!?」

身構える私の腕を、警官の手がぐいっとつかんだ。なにが始まるのか想像もつかないが、私は警官の手から逃れようと抗《あらが》った。

機械へ吸いこまれた星は、あっというまに押しつぶされた。と同時に、星の光はドームから放射状に張り巡らされている線を伝い、施設の外へと流れていった。

「ほらこのとおり。星のエネルギーを、我々の明かりとして分配しているんだ。オフィスを明るく照らし、機械を動かして、生産性を上げるために。大切でなかったものが、大切になった。何事もこうでなければならん」

ビジネスマンは、冷たい口調で続けた。

「君も教室へ戻って勉強し直すことだ。誰にも邪魔されずにな」

「いやよ！　放して」

「こら、暴れるな」

目顔で指示された警官は私を引きずり、あの恐ろしいアームが隠されている部屋へ向かって歩き始めた。ビジネスマンが教室と呼ぶ場所。つまり、大人製造工場へ向かって。

「お願い、やめさせて。王子！」

「あきらめろ！」

手を緩めることなく、警官はどんどんドアへ向かって歩いていく。

ところがその時、微かな王子の声が私の耳に届いた。

「あの、待って……」

次いで、ビジネスマンの太い声が聞こえてきた。

「待てだと？　おまえには３７１の仕事を与えたが、もう３７０回もクビになった。さっさと仕事に戻らんか、この不良品が！」

怒鳴り声にびくついた警官が足を止め、私はすかさず二人のほうへと身をよじった。

キツネが部下たちの側で攻撃態勢をとり、ビジネスマンの前には両手を握りしめて立つ王子の姿が見えた。

「僕は……」

王子は、大男のビジネスマンを見上げた。

「不良品なんかじゃない」

「ほう?」

薄笑いを浮かべるビジネスマンに、王子は一歩にじり寄った。

「僕は……僕は、星の王子だ。彼女を放せ」

この言葉を聞いたとたん、ビジネスマンは体を揺らして笑い始めた。

「王子だって? これは傑作! なあ、おまえたち」

後ろに控えている部下たちを見回し、揺れる腹に両手を当てた。

「こいつが、王子だとさ。それじゃ、私はちっちゃい働きバチかな?」

最初、探るように起こった小さな笑い声は、しだいに大きくなっていった。部下たちはボスの顔色をうかがいながらも笑い続け、私を捕まえている警官もそれにつられて笑い始めた。

「……で、おまえたちは、アヒルか?」

ビジネスマンの言葉に、笑い声はいっそう激しくなる。

「プリンス君、君は絶望的だな」

「絶望的？　その逆さ。僕は、希望でいっぱいだ！」

湧き起こる笑いの渦の中、王子は負けじと大声を張り上げた。

「バラを愛してる！」

喚声に似た笑い声をはねのけ、彼は続けた。

「彼女も僕の帰りを待っているんだ。だから……」

胸のIDカードを剝ぎ取り、ビジネスマンの足下に投げつけた。

「もう、あなたのために働きたくない。辞《や》めてやる！」

カードが床に落ちるや、ビジネスマンの表情は固まり、部下たちの笑いも潮が引くように消えていった。

それと入れ替わり、今度は私が大きな笑い声をあげた。

「あははは、最高！　最高だわ！」

これをきっかけに、王子はIDカードを、私は警官の足を、そしてキツネは部下の足を踏みつけ、私たちはいっせいに駆け出した。目指すは、まだクレーンに吊《つる》されている、おじいさんの飛行機だ。

ワイヤーで吊られた飛行機はスクラップの山の間で、エンジンがかけられるのを待ちかまえているように見えた。しかし既に大人たちは、すぐ後ろまで迫ってきている。

「山の頂上まで登れば、飛び乗れるわ」

私を先頭に山をよじ登り、一同は急いで天辺を目指した。

遠くから見るとガラクタのように見えたが、ここに積み重ねられている物はみんな新品といってもよかった。趣味やレジャーに使われる道具や、様々な楽器。ビジネスマンに生産性工場に関係なしと見なされた物はすべて、ここへ運ばれてきたのだろう。

ふと手元に目をやると、見覚えのある剣が見えた。王子の人形が手にしていた剣とそっくりで、しかも大きさは私にぴったりだ。柄を握ってみると、エネルギーが電流のように手に伝わり、むくむくと力が湧いてきた。

「無駄なことはやめろ！　いつかは子供時代を忘れなきゃならんのだぞ！」

部下を従え、山に登り始めたビジネスマンが言った。身の軽い私たちと比べ、彼らはなかなか前へ進めない。

「いやよ！」

彼らへ向かって力いっぱい蹴りつけたサッカーボールが、すぐ後ろにいた王子の顔面を直撃した。

「あーっ、うーっ！」

鼻を押さえる王子を見て、私は心から謝った。

「ごめんなさい！　星の王子」

「いや、いいんだ。僕の顔が、こんなところにあったのが悪い」

ようやく頂上に到着した私たちは、顔を見合わせた。ここから飛び移ろうとしている飛行機の翼までは、思いのほか距離がある。

「怖いよ」

つぶやく王子を励ますように、私は彼の手を取った。剣を腰に差した私は、まるでスーパーヒーローになったみたいに力がみなぎっていた。

「行きましょう！」

真っ先に飛び乗ったキツネに続き、私たちは呼吸を合わせて思い切り飛んだ。

「いち、にの、さん!!」

脚が長い王子は、余裕で翼に乗ることができた。そしてぎりぎりで翼にしがみついた私を、ぐいっと引き上げてくれた。

「ありがとう、王子。エンジンをかけるからつかまってて」

キーを回すと、すぐにプロペラは回った。吊されている飛行機は、おじいさんの家にあったあのオモチャの飛行機みたいに、丸く円を描きながら旋回し始めた。

『ブルルン……ブルブル』聞き覚えのある音を聞きながら、私はある決心をして剣を手に取った。

第二十二章　心で見た時だけ、本当のことが分かる

「すぐに戻るから、操縦桿《そうじゅうかん》をお願い」

「どこへ行くんだ。なにをする気？」

不安げな王子を飛行機に残して、私は翼の上を歩いていった。一方キツネは、これからしようとしていることを察し、飛び上がって応援してくれている。そう、私はこの剣を使ってドームを割り、星たちを一つ残らず解放するつもりなのだ。

旋回している飛行機の翼から思い切り飛べば、星のドームに飛び移ることができるだろう。私は迷うことなく、翼がドームに近づくのを待った。ここからは、自分の勇気だけが頼りだ。

「えいっ！」

大きな掛け声とともに、私はドームの天辺へ飛び乗った。ガラス面はつるつるとしていて滑りやすい。慎重に立ち上がって周囲を見回してみると、まだ山の中腹付近で悪戦苦闘

している大人たちの姿が見えた。

私は大きく息を吸いこみ、掲げた剣の先端を下へ向けた。

「聞いて！」

ビジネスマンに向かって、声を張りあげた。

「私は大人になっても、あなたみたいにはならないから。絶対に!!」

振り下ろした剣の先端が、ドームのガラスに刺さった。更に力をこめて剣を突き刺し、わずかな割れ目の上で何度も足踏みをする。

「ううう っ――――！」

割れ目はしだいに広がっていき、やがて一つの星のとんがりが、蜘蛛《くも》の巣のようなひび割れの中心を突き破った。

「やった――――っ！」

飛び上がって喜ぶ私の足下から、次々に星が逃れ出てくる。星たちは眩《まばゆ》い光を放ちながら私を取り囲み、上へ上へと上がっていった。

そうだ、飛び石のように星から星へ飛び移ろう。そうすれば、飛行機に戻れるかもしれない。私は両手を広げてバランスを取り、ふわふわと浮遊している星に飛び乗った。

「うわっ！　きれい……」

飛び乗った瞬間、より強い光を放つ星たち。それらはあたかも私を運ぼうとしているかのように、飛行機の場所まで点々と連なっていく。しかし、旋回している飛行機に戻るのは、やはり容易《たやす》いことではなかった。

操縦桿を握る王子は、懸命に飛行機の軌道を私のほうへ近づけてくれていた。

「今、行くから！」

次の瞬間、星の上の私は足を滑らせバランスを失った。

「あああ――っ！」

落下していく私の体を、飛行機の翼がタイミングよく捕らえた。王子は操縦桿を倒し、ほんの少し機体を傾けて、私を操縦席へと滑らせた。

「つかまえた！」

彼の手が私の手首をしっかり握り、席の中へと引き入れた。

星の救出作戦は大成功だ。喜ぶキツネと抱き合いながら、私は王子に礼を言った。

「助けてくれてありがとう。でも、もう一つやらなきゃいけないことが」

飛行機は、まるでゲームセンターのクレーンゲームみたいに、アームでがっちりとつかまれている。ワイヤーを切断することはできなくても、あのアームさえ緩めることができれば……。

その時、キツネがさっと主翼に飛び移り、するするとアームとの接続部分まで登っていった。そして、私の腕輪をはずした例のクリップを使い、器用にアームを緩め始めた。

「すごい、キツネ君！」

機体は緩んだアームから離れ、見る見るうちに天井へ向かって上昇し始めた。アームから主翼に飛び乗ろうとしたキツネが足を滑らせるも、またもや王子にキャッチされ無事に戻ることができた。

「君もつかまえた！」

私たちを乗せた飛行機は上昇を続け、解放された無数の星たちは勢いよく天井を押し上げた。目も眩《くら》むような光りが重なり合い、天井がしだいに歪《ゆが》み始める。やがて『バリバリ』という音とともに、結集した星の力で天井が破られ、ぽっかりと開いた穴の向こうに暗い空が現れた。

ビジネスマンは空へと戻っていく星たちを見上げて、こぶしを振り上げた。

「ビジネスが台無しだ！　なんてことをしてくれた！」

飛行機は星たちが開けた穴をすり抜け、とうとう空へと飛び出した。風を切り、翼を震わせ、どんどん空の彼方へと飛んでいく。

操縦桿を私に譲った王子は、大人の星を見下ろして目を輝かせた。掃除をしていたビルの屋上には王様のエレベーターボーイが立ち、星が戻った夜空をまぶしげに見上げている。王子のように、また王様もこの星から脱出する日が来るのだろうか。私は飛行帽のゴーグルを下げ、操縦桿をぎゅっと握った。

「ああ、星が戻った。みんなも喜んでいると思うよ」

王子は、小さくなっていく大人の星を振り返った。ビルが建ち並ぶ暗い星も、今では明るい光に照らされ、〝色彩〟が戻ったように見える。星が瞬く空もまた、以前と同じ美しさを取り戻していた。

「星って、こんなにきれいだったんだね」

ため息まじりでつぶやいた王子の表情は晴れやかだ。

「あっ、あれは！」

彼が指さした先には、小惑星が並んでいた。

「〈小惑星325〉だ！　それからあれは〈小惑星326〉」

「思い出したのね！」

王子の指す方向を一つ一つ確かめ、私は踊り出したいくらい嬉《うれ》しかった。彼は、やっぱり小惑星のことも忘れていなかったのだ。

「〈327〉〈328〉……」

ところがやがて、樹木の枝や根に覆われた星が見え始めた。あまりに小さいので、椅子を移動させれば44回も夕日が見ることができる、あの星が……。

「あれは、もしかして〈小惑星Ｂの６１２〉？」

私の言葉に、王子は顔を曇らせた。

「バオバブが……」

バオバブに占領された星は鬱蒼《うっそう》としていて暗かった。しかし目を凝らしてみると、わずかに開けた場所に曇ったガラスの覆いが見える。

「あなたのバラだわ！」

さっそく、着陸準備に入ったものの、あんなに小さな星に、どうやって着陸すればいいのだろう。滑走路になりそうな道も、平らな場所も見あたらない。

とっさに、あるアイデアがひらめいた私は、呆然《ぼうぜん》としている王子に宣言した。

「着陸するわ！」

「どうやって？」

王子の問いかけには答えず、私は星に向かって直進した。腕にしっかりとしがみついているキツネの鼻が、激しく鳴り始める。

「あ――っ、駄目、駄目、引き返して――！」

王子の悲鳴が響く中、飛行機は星に目一杯接近し、垂直に急上昇を始めた。

「う――わ――っ！」

「しっかり、つかまって！」

私は充分に機体を上昇させ、エンジンを止めた。失速した飛行機は機首を下にして、真っ逆さまに落ちていった。

「これ今、落ちてるよね!?」

「うん、落ちてる。でも心配しないで」

コックピットの端にあるレバーを思い切り引き上げると、尾翼からパラシュートが飛び出した。と同時に降下のスピードは見る見る遅くなり、機体はゆっくりと頭から着地し、次いで胴体を地面に横たえた。

『ガッタン!!』

金属のきしむ音と鈍い衝突音がして、飛行機は無事着陸した。少々手荒なやり方だったが、なんとか成功だ。おじいさんのつぎはぎパラシュートが、役に立ってくれたのだ。

「ふ――っ」

額の汗を拭い、私は飛行機のドアを開けた。

「さ、行こう。バラのところへ」

バオバブの根は上から見た時よりずっと、隙間なくびっしりとはびこっていた。空間を縫うように生い茂る枝も、頑なに私たちの視界を遮っている。

王子の星は完全に、バオバブに占領されてしまっていた。足下から柄の長いシャベルを拾い上げ、王子はじっとそれを見つめた。シャベルを使ってバオバブの芽を抜いていた頃のことを、思い出しているのだろうか。彼は言葉少なに、根や枝をかき分けて進む私の後に従った。

ようやくたどり着いた開《ひら》けた場所に、ガラスの覆いはあった。霜が降りたように白く曇ってはいるものの、確かに赤い花びらの影が見えている。

「あなたのバラよ」

ささやいた私に、王子はこくりとうなずいて見せた。

「僕のバラ」

彼は真っ直ぐに覆いを見て、ゆっくりと近づいていった。

一方、私とキツネは息をのみ、王子の様子を見守った。

星に吹き付ける乾いた風が、バオバブの根の間を通り抜け『ヒューヒュー』と鳴る。私の耳に聞こえてくるのは、風の音と王子が地面を踏みしめる音だけだった。

曇ったガラスにそっと手をかけ、王子は覆いを外した。

現れた一本のバラは、うつむくように花弁を下に向け、立っていた。花びらは赤く、葉は緑色だ。しかしその姿を見た瞬間、彼女が既に命を失ってしまっていることが分かった。

「そんな……」

がくりと膝をついた王子は、おずおずと手を伸ばしバラの花びらに触れた。花びらは一枚また一枚と、はらはらと地面に落ちた。続いて葉が、枝が……地面の花びらの上に重なっていく。まるで砂に描かれた絵のように、バラの姿は散り散りに砕け、風の中へ消えていった。

跡形もなく消えた花びらを慈しむように、王子は手のひらを上に向け目を閉じた。彼の後悔、彼の痛み、彼の悲しみ、それらすべてが綯《な》い交ぜになり私の胸に迫った。

「ウソでしょ、どうして？」

私は王子の傍らで、ついさっきまでバラが立っていた乾いた地面を見つめた。

「こんなことになるなんて――」

そう言ったとたん、突然息苦しくなり、目から涙があふれ出た。

「――きっと、おじいさんもいなくなるんだ。私は大人になって、ぜんぶ忘れちゃう。なにも思い出せないまま、一生……」

大きく息を吸い、私は声を上げて泣いた。

「いやよ、そんなの」

おじいさんを乗せて遠ざかっていった救急車、雨の中を必死でこいだ自転車、〝ごめんなさい〟も〝さよなら〟も言えなかった夏休み最後の日。

「絶対にいやよ」

両手で顔を覆い涙を流す私の肩に、王子がそっと手をかけた。

「泣かないで」

穏やかな声が聞こえ、私は顔を上げた。

「どうしてあなたは平気なの？　悲しくないの？」

王子は、ただ静かな表情を浮かべて、空を見つめていた。まるで彼にだけ聞こえる声に、耳を傾けているかのように、微笑みすら浮かべて。

彼は背中を伸ばし、すっくと立ち上がった。

「僕にはバラが見える」

そう言った王子の頬にぱっと赤みが差し、微笑みはやがて満面の笑みに変わっていった。あたりを照らし始めたバラ色の朝の光が、みるみるうちに星を包みこんだ。と同時に、バオバブの木がすべて消え、星は魔法が解けたかのように元の姿を取り戻した。

「ただのバラじゃない。この世にたった一つしかない僕だけのバラだ。絶対に忘れない」

王子の声は幼く、差し出す手は紅葉《もみじ》の葉のように小さい。いつの間にか小さな男の子に戻った王子は、柔らかい金色の髪を風に揺らしながら、私の手を取った。

「ぜんぶ覚えていれば、いなくならない。まだここにいるんだ」

「まだここにいる？」

緑色の服を着て黄色いスカーフを首に巻いた男の子は、大きな澄んだ瞳で私を見上げた。

「そうだよ。心で見た時だけ本当のことが分かる」

キツネの言葉をつぶやいた彼に、私は笑みを返した。

〝君が心で見てくれたら、わしはいつでも側にいる〟

と言ったおじいさんの声が、はっきりと聞こえたような気がしたから。心で見ることの意味が、理解できたような気がしたから……。

「いつも側にいるって、そういう意味なのね」

証明も説明もなにも必要ない。心から信じていることが、きっと真実なんだ。

私の不安や悲しみは、眩い朝日の中に溶けて消えていった。そして、胸の中になにか温かなものが生まれ、その小さなエネルギーが全身を駆け巡っているような気がした。

私は大丈夫。どんなことが起こっても、ごまかしたり逃げたりせず、心でちゃんと受け止めよう。そうすれば、いつかきっと本当のことが見えてくるはず。

美しい朝日が程なくして夕日に変わり、星空がまた白み始める頃、私は飛び立った。王子のように、渡り鳥の群れを利用して。

鳥の群れに引かれた飛行機から、私は星の上の王子に手を振った。再び現れた朝日に照らされ、星は自ら発光しているかのように輝いた。

「僕が覚えてるって、飛行士さんに伝えて」

手を振り返す王子に、私は大きな声で答えた。

「分かった！」

「忘れないでね」

王子の姿が、どんどん小さくなっていく。

「忘れないわ！　ぜんぶ覚えてる、約束よ！」

私は手を振る星の王子の姿が見えなくなるまで、何度も何度も自分に言い聞かせた。

〝忘れない、忘れない、忘れない……〟

この光景、そしてこの出来事のすべてを、しっかりと胸に刻もう。私が大人になっても、ずっと変わることのない唯一のものを。私はいつだって王子に会うことができる。星を見上げて、鈴《ね》の音のような彼の笑い声を聞くこともできる。小さな星に住む男の子のことを、忘れないでいる限り。

バラ色の朝日を頬に受け、私は静かに呼吸し、目を閉じた。

さあ帰ろう、ママが待つ家に。私を心から愛してくれている人が、あの街の、あの家で、待っている。

終章――夏の終わり

「122号室……123……」

　コスモスの花束を持ったママと一緒に、私は病院の廊下を歩いていった。今日は新学期の初日。私のたっての希望で、〈ワース学園〉への登校前、おじいさんが入院している救急病院にやって来た。

　背中のバックパックの中には、教科書とキツネ、そしておじいさんへのプレゼントが入っている。昨日、雨の道路で落としたカチューシャは、ママが拾っておいてくれた。真新しい制服を着て、白いカチューシャをつけ、私は消毒液の匂いがする廊下を真っ直ぐに歩いていった。

　今日から〈ワース学園〉の生徒として、忙しい毎日が始まる。学校にふさわしい生徒になれるかどうかは、これからの私のがんばり次第。晴れ渡った今朝の空のように、心の中に不安の雲は一片もなかった。

廊下の窓の外にも青空が広がり、昨日の豪雨が嘘のようだ。空気はどこかひんやりとして、夏が終わりを告げようとしていることが肌で感じられた。

「124……ここだわ」

ドアの前で立ち止まったママが、私に向き直った。花束をさっと渡し、ただ黙って私の肩を抱きしめた。柔らかい手の感触が、制服を通して伝わってくる。

深く息を吸い、またゆっくりと吐き出して、ママはドアを指さした。私はうなずき、一瞬だけママの手をぎゅっと握り、そっと離した。

このドアの向こうには、大切な友達がいる。ちゃんと向き合い、目を見て、話をしなければならない人がいるのだ。

ママから離れた私は、ドアノブに手をかけて静かに押した。ドアは音もなく開き、私は中へと足を踏み入れた。

カーテンが開いている窓から光が差しこみ、部屋全体が明るく浮き上がっているようだ。私は眩《まぶ》しさに目を細めつつ、白いベッドのほうへと歩いていった。

仰向けに横たわるおじいさんは、マットや枕と一体となったように深く身を沈めて、目を閉じていた。顔色は青白いが、微《かす》かに上下する胸の上には、日に焼けた大きな手が載っている。彼はあの手で、私にお話の紙を渡し、オモチャの飛行機のねじを巻いた。

枕元の小さなテーブルにはガラスの花瓶があり、誰かが花を活《い》けてくれるのを待ちわびているように見える。私はさっそくコスモスの花束を花瓶に活けて、ピンク色や藤色の花々を整えた。

「ああ、来たか」

目覚めたおじいさんの青い目が、私のほうへ向けられた。

「あ、起こしちゃって、ごめんなさい」

そう小さな声で言うと、急に涙がこみ上げてきた。

「それから……本当に、ごめんなさい。私、ひどいこと言っちゃった」

ところがおじいさんは、きょとんと目を丸め、ささやいた。

「わしは、なにも覚えとらんな」

「優しいのね」

「いやいや」

首を振ったおじいさんは、点滴の管につながれている手を微かに動かした。

「あんた、誰だい？」

病気のせいで記憶が混乱しているのだろうか。澄んだ青い瞳を見つめ、言葉を探した。

「えーっと……」

まごつく私を見て、おじいさんはにやりと笑った。

「ひっかかった。どうだ？」

熱くなった瞼を擦《こす》り、私は少し声を出して笑った。こうしてまたいつものおじいさんに会えて、すごく嬉《うれ》しかった。

「これ、持ってきたの。見てほしくて」

私はバックパックを床に下ろし、中から包みを取り出した。星の絵を描いた模造紙で包んであるのは、お話の紙を束ねて作った本だ。いろいろ悩んだが、やっぱり題名は『星の王子さま』にした。

おじいさんは渡された包みを丁寧に開き、中から本を取り出した。

「ああ、これは……」

表紙の絵は、一人で星の上に立つ王子さまの姿だ。とうとう飛行士さんと再会を果たし、王子はとても満足げに見えた。

「君が作ったのか——」

おじいさんは表紙を開き、ゆっくりとページをめくっていった。

「——物語をぜんぶ順番どおりに」

『カサカサ』という紙の音がしんと静かな病室に響き、私は爪先立って本をのぞいた。

「そうよ」

紙飛行機にされた紙はまだ折り線が残っているし、破れた箇所にはセロテープが貼られている。でも、お話は完璧に順番どおりで、一枚も欠けてはいなかった。

「こりゃ、すばらしいプレゼントだ」

嬉しそうに目を輝かせるおじいさんを見て、私の目からぽろぽろと涙がこぼれ落ちた。

「おいおい、どうした？」

私は思わず、白い毛布にくるまれたおじいさんの胸に顔を埋めた。

「泣くのは仕方ないよね。だって、もう懐《なつ》いちゃったから」

次の瞬間、おじいさんの手が優しく私の頭を撫《な》で、かすれた声が聞こえてきた。

「君はきっと、すばらしい大人になる」

この言葉を聞いた時、私の心の声は言った――〝ありがとう〟。

と同時に後ろから「ありがとう」と言うママの声が聞こえ、私は顔を上げた。泣いて声にならなかった私の言葉を、ママが代わりに口にしてくれたような気がした。

「これを見ましたか？」

本を指さし、おじいさんがママに尋ねた。開いているページは、ちょうど王子とキツネがリンゴの木の下で初めて出会う場面だった。

ベッドに歩み寄ったママの目にも、うっすらと涙が光っていた。

「ステキな本ですね」

うなずくママに、私はバックパックからキツネを取り出して見せた。

「見て、この子。お話に出てくるキツネよ」

「あら、本当」

微笑むママに、私はキツネと王子の出会いを話して聞かせた。

聞かせたいお話は、ほかにもたくさんある。ページをめくっていくうち、頰を伝う涙は乾いていった。

「それでね、これはバラ。王子の大切なバラよ。それから、これはバオバブ。王子は、これを見るといつも……」

その夜、ママは私に望遠鏡をプレゼントしてくれた。これは間違いなく、今までにもらったプレゼントの中で一番嬉しいプレゼントだった。夕食の後、バルコニーに出た私たちは望遠鏡をのぞいて星を観察した。この家に引っ越してから、およそ二カ月。初めてママと二人ですごす、時計を見ることのない時間だった。

壊れた雨樋《あまどい》のことも学校のことも尋ねず、ママはただ私の話に耳を傾けた。まるで自分のぬいぐるみのようにキツネを抱き、彼女は熱心におじいさんの物語を聞いてくれた。

この日見た夜空は、いつもとはまったく違っていた。星たちは一段と鮮やかに光り、瞬く音すら聞こえてくるようだった。『キラキラ……キラキラ……』と。

ああ、それにしても星はなんてきれいなんだろう。この世で一番美しいものを特等席で見ているような気分で、私は望遠鏡をのぞいた。その一瞬一瞬を、永遠のように感じながら。

fin

編著者あとがき

本作の元となった『星の王子さま』は１９４３年に初版が出版された。フランスの作家アントワーヌ・ド・サン＝テグジュペリによって書かれたこの物語は、ウォルト・ディズニーやオーソン・ウェルズといった稀代《きだい》のアーティストたちに愛され、２７０以上の言語に翻訳されて多くの人々の心をつかみ続けている。また、人気児童書として世界中で常にトップ10に入り、現在までに１億４５００万部以上を売り上げているという、まさに時代を超えた名作である。

〝これほどまでに詩的で美しい物語を、どうしたら損なわずに映画化できるか〟

本作『リトルプリンス　星の王子さまと私』を手掛けた映画監督マーク・オズボーンは脚本家のイリーナ・ブリヌルと共に、２年という歳月をかけてストーリーを構築し、最高の敬意を持って映画化に挑んだという。王子さまに出会った飛行士が、もし生きていたら？　そんな仮定の元に練り上げられた名作のその後の物語は、９歳の女の子を主人公に展開する。

母親の言いつけを守って一生懸命勉強し、名門校に入学した女の子は、引っ越した家の隣に住む風変わりな老人と友達になった。老人は夏のある日、砂漠で出会った不思議な男の子の話を語り始めた。そして彼が語る奇想天外な愛と冒険の物語は、孤独な少女の傷つきやすい心を癒していく。実はこの老人が、『星の王子さま』の語り部であるあの飛行士なのである。

砂漠に不時着した飛行士と小惑星からやって来た小さな王子の出会いと別れは、今なお様々な解釈を生み、多くの研究者たちによって哲学的研究がなされている。しかし本作の中では、幼い少女が自分の経験や置かれている環境を物語に重ね合わせ、それをさらに大冒険へと発展させていく。そこには、9歳なりの解釈があり、結論がある。それまで母親の決めたルールに従ってきた優等生の彼女が、ついに自分の意思で物事を決め、実行する勇気を奮い起こした。この主人公の成長のプロセスこそが、『リトルプリンス　星の王子さまと私』のストーリーの主幹といえるだろう。

また、登場人物に名前を与えず紡がれたこの物語は、ある普遍的なテーマを私たちに投げかけている。それは愛する人との〝別れ〟だ。〝大切なものは目に見えない〟というキツネのセリフで表現されているように、様々な理由で会えなくなってしまった人への愛情や想い。この誰もが必ず体験する〝別れ〟にどう向き合い、悲しみを希望に昇華させていくか。本作は、少女と老人の友情を通して、その答えの一つを見せてくれている。

自らも飛行士だった原作の作家サン＝テグジュペリは、第二次世界大戦終盤に偵察隊として参戦した。そして1944年7月31日、フランス、コルシカ島から飛び立ったまま消息を絶った。その最期は長い間、謎とされてきたが、60年後の2004年に地中海に沈む機体の一部が彼のものと確認された。『星の王子さま』が出版されたわずか1年後に起こったこの悲劇のことを考えると、どうしてもなにか特別な意味やメッセージを感じずにはいられない。

〝大人はだれも、始めは子供だった〟という有名な言葉を遺した彼は、自らも星の王子の純粋な目を通して世界を眺めていたに違いない。そしてそんな彼が描いた物語だからこそ、読むたびに新たな発見と感動を私たちに与えてくれるのではないだろうか。

日本を代表するアニメーション映画監督の宮崎駿も、自身の推薦書50冊リストに『星の王子さま』を挙げているというほど魅力的なこの物語は、70年を経て初めてアニメーションとして映画化された。この難業にチャレンジした監督のマーク・オズボーンの意気込みは、いかばかりのものだっただろう。プロジェクトを打診された時、〝一生に一度のチャンス〟だと感じたというが、もちろん大変なプレッシャーがあったことは想像に難くない。

その詩的で謎めいたストーリーゆえに、映画化は不可能なように思えたこともあったという。しかし、彼の作品にかけた情熱と愛情は、見事に実を結んだ。原作に負けないほどの美しい物語と、すばらしい映像。最先端のCGアニメーションとストップモーション・アニメーションを駆使して、ファンタジーと現実が入り混ざる奥行きのある世界を、鮮やかに表現しきっている。

オズボーン監督は大学時代、当時の恋人から『星の王子さま』の本をプレゼントされたという。アニメーションの勉強のため、その恋人とはやむなく離れ離れになったわけだが、またのちに再会し、めでたく結婚した。つまり、奥様との大切な思い出も、長年不可能と言われてきた映画化に挑戦する後押しをしたのである。

私が小学生の頃に読んでいた『星の王子さま』の本が、まだ実家の本棚のどこかにあるはずだと母は言う。だが、どうしてもそれが見つからないのだそうだ。誰もが知っている、小さな男の子が小さな星の上に立っている、あの印象的でかわいらしい表紙の本。今回、幸運なことに『リトルプリンス　星の王子さまと私』を編著させていただくにあたり、子供の頃に手に取ったその本のことが真っ先に頭に浮かんだ。あの本はいったいどこへ行ってしまったのだろう。今とは違う目と心で読んだ古い本の行方を、このあとがきを書き終えたら捜すつもりだ。

最後に、このようなすばらしい機会を与えてくださった竹書房の富田利一氏、そして編集担当の魚山志暢氏に心から感謝の意を捧げたいと思う。

二〇一五年九月

酒井紀子

【編著】酒井紀子 Noriko Sakai
東京都生まれ。1987年より洋画時幕翻訳及びノベライズの執筆に携わる。主な訳書に映画『シックス・センス』『ぼくの神さま』『バタフライ・エフェクト』、海外ドラマ『トゥルー・コーリング』『ゴースト〜天国からのささやき』『TOUCH』(竹書房刊)などがある。

リトルプリンス　星の王子さまと私
2015年11月5日　初版第一刷発行

原作……「星の王子さま」アントワーヌ・ド・サン=テグジュペリ
ストーリー統括……ボブ・パーシケッティ
脚本……イリーナ・ブリヌル&ボブ・パーシケッティ
編著……酒井紀子
カバーデザイン……石橋成哲
本文DTP……IDR

発行人……後藤明信
発行……株式会社竹書房
〒102-0072　東京都千代田区飯田橋2－7－3
電話　03-3264-1576(代表)
03-3234-6208(編集)
http://www.takeshobo.co.jp
印刷・製本……凸版印刷株式会社

ISBN978-4-8019-0514-6　C 0174
Printed in JAPAN